召喚されたら聖女が二人!?

～私はお呼びじゃないようなので好きに生きます～

フェリックス・ダレンシア
王弟でありながら、騎士として生きている青年。
普段は鎧を身にまとい、顔を隠している。
スワに対して思う所があるようで……？
スワ（早崎《はやさき》 由紀子《ゆきこ》）
『聖女召喚』の儀式によって異世界に召喚された元ＯＬ。
はっきりとした性格で、合気道など武道に秀でている。
元社畜ゆえにスローライフを愛しているが……？

オト（三宅《みやけ》音《メロディ》）
『聖女召喚』の儀式によって異世界に召喚された元女子高生。
イケメンが好きで、流されがちなところがある。
ハンドメイドが得意。
エリアス・ヴァン・ダレンシア
王太子。甘やかされて育ったため、
我儘な性格をしている。
オトを聖女として優遇するが……？
シロ
聖獣。歴代聖女に様々な
異世界の言葉を教わっているため、
語彙力が豊富。
クロ
魔王。スワに食事を与えられたことを
きっかけに懐き、共に行動するようになった。

第一章　聖女が二人召喚されました

「わぁああああああ!!」

浮遊感《ふゆうかん》がなくなったかと思ったら、耳が痛くなるほどの歓声が響く。

「……え？」

歓声が鳴り止んだかと思えば、今度は戸惑うような声が聞こえた。

閉じていた目をそっと開けると、目の前には現実とは思えない光景が広がっていた。

中世ヨーロッパを思わせるような石造りの建築に、ひんやりとした冷たい床には魔法陣かと思われる模様が見える。

周囲の人達は、飾りが多く動きにくい、漫画の中でしか見たことのない騎士服やローブを纏《まと》っていた。

夢なら醒《さ》めてほしい。

到底、現代日本《にほん》だと思えない光景に、私の頭は静かなパニックと現実逃避を起こしていた。

社畜やブラック企業という言葉が似合うくらい、目まぐるしく毎日働いていた。

一分一秒が惜しい。

そう思う自分が嫌だったわけではない。男ばかりの中でキャリアを積み上げるのは楽しかったし、成果が出れば自分で自分を褒めて喜んだ。

ただ、気が付けば二十八歳になっていて、彼氏もおらず見事に婚期は逃しつつある。

後悔はないとは言わないけれど、仕事が楽しかったので仕方がないと考えていた。

彼氏が居たこともあるが、仕事ばかりで会う時間がなくなり、見事に自然消滅。

正直、会う時間があるなら……寝たい。今も、猛烈に寝たい。

そう思いながらコンビニでいくつか栄養ドリンクや栄養補助食品とお菓子を購入した。

自炊する暇があるなら寝たい。食事するより寝たい。

すでに日付は変わっており、街灯の少ない夜道に人は見当たらない中、カツカツと自分のパンプスの音だけが響く。

普段から企業回りをしている為、いつもパンツスーツに動きやすい踵の低いパンプスだ。

足早に借りているアパートに向かっている、そんな時だった。

いきなり光が現れ、浮遊感《ふゆうかん》に包まれたのは。


……倒れて頭でも打って、今は病院のベッドの上で夢を見ているとか……

そんなことを考えながら足をつねってみるが、痛みはあった。

手にはキチンとコンビニの袋とビジネスバッグが握られている辺り、これが現実の続きだといわんばかりである。

「こ……これは、どういうことだ？」

壁際に十数人ほどの騎士服のようなものを着た人達。私達の周囲にはローブを着た人が数人居る中で、ひときわ豪華なローブを着た人が、いきなり床に手をついた。床に描かれた模様の一つ一つを必死に確認しながら、こちらに視線を向けながら呟く。

「……聖女が……二人？　魔法陣が……？　魔術書の通りに……」

声色的に男性だと思われるだろう。先ほどの人はブツブツなにかを唱えながら、また床を確認している。

周囲の人達も困惑を隠せないようだ。

二人と言っているのは……私達のことだろうか。私の斜め前には制服を着た女の子がいる。

周囲の人が着ているものを考えると、この子は私と同じ境遇《きょうぐう》なのかもしれない。

先ほどから大きく動くことはないが、自分で自分を抱きしめるように丸まりながら、肩が震えているのが後ろからでも分かる。

「いや！　それよりも！」

ローブの人はガバリと顔をあげると、私達二人に視線を向けた。

ローブから赤茶の髪と顔がチラリと見え、その瞳も茶色だと分かる。

ヘアカラーやカラコンといったものもあるが、コスプレイヤーの類《たぐい》でなければ、ここは日本ではないのだろう。

「いきなり召喚してしまい申し訳ございません。私は魔術師団長で……」

バタンッ！

ローブの人の口から魔術師なんて夢物語のような単語が出てきたところで、大きな音を立てて扉が開いた。

「成功したか!?　……ん？」

そこに居たのは金髪碧眼《へきがん》で少し筋肉質な煌びやかな青年で、こちらを向いて難しい顔をした。

「……聖女が二人？」

「そうです、殿下《でんか》。この度、召喚にて二人現れまして……」

「そんなもの、どちらが聖女か見て分かるだろう」

「さすがに調べてみませんと……前代未聞《ぜんだいみもん》なことですので……」

私達そっちのけで、魔術師団長は自らが殿下《でんか》呼びした人と会話をしている。

殿下《でんか》……それこそ王族に対する敬称《けいしょう》だ。つまり、地位の高い人。

上司と部下なんていう上下関係はあれども、身分制度のない国で生まれ育ったため、一体どう接するのが正解なのか分からない。止める魔術師団長を後目《しりめ》に、殿下《でんか》と呼ばれた人はこちらに歩いてきて女子高生の前で膝を突いた。

「貴女が聖女か？」

先ほど召喚なんて言葉が聞こえたが、聖女は自分が聖女と分かっている上で召喚されるのだろうか？　じゃあ、身に覚えのない私はなにかの間違いで巻き込まれただけ？

「聖女？　召喚？　では、ここは異世界……？　小説みたい……」

小説って……そういえば本屋で『異世界転生！』なんてタイトルのものを見たなぁ……

じゃあ女子高生に聖女という自覚はないのか？　なんて思っていたが、殿下《でんか》は女子高生の手をしっかり握り締めた。

「おぉ！　ではやはり貴女が聖女か!!」

「私が聖女ですか!?」

「殿下《でんか》！　まだ決まったわけではありません！」

殿下《でんか》は女子高生の呟くような声を良いように解釈したようで、お互い尋ね合っているような言い方になっている。魔術師団長は、殿下《でんか》に対して必死に止めるような言葉をかけているが、どうやら殿下《でんか》の耳には一切届いていないようだ。

そして……

「お前はなんだ」

殿下《でんか》は私を睨《にら》みつけながら、そんな言葉を放った。

「人間」

「見れば分かる！　俺を馬鹿にしているのか！」

あまりの失礼な言い草に少しイラついて、誰でも分かる事実を口にしたら殿下《でんか》が声を張り上げた。

物凄く短気だ。

不敬という言葉があるが、これは不敬に入らないと良いな、なんて思いつつ、まだ現実感を持ててはいない。

思考回路は一応回っているようだが、実際に目の前で繰り広げられている光景は夢のようだ。

「殿下《でんか》！　この方も召喚されてこられた……」

「じゃあ偽物か!!　どうやって紛れ込んだ！」

「殿下《でんか》！」

なにやら私に対して失礼な言葉をぶん投げているように思えるが、それを魔術師団長は必死に止めている。

「こんな地味で気色悪い色味のやつが聖女な訳ないだろう」

「殿下《でんか》！　ここは慎重に……」

「うるさい！　聖女がババァなわけないだろう！」

暴言を吐く殿下《でんか》に魔術師団長がなにか進言しようとした。しかし殿下《でんか》はそれを遮って怒鳴りつける。

というか、今なんつった？

確かに女子高生は髪の毛を染めているのだろう、肩までのピンクブラウンの髪はコテで巻いたように軽くウェーブがかかっている。

……今は綺麗な色でも、髪が伸びたら黒い毛が生えてくると思いますけどね、と思うけれど言わない。

チラリ、とこちらを振り返った女子高生は確かに可愛い顔つきをしていた。

黒いカラコンを入れているのだろう、瞳は大きく、バッサバサな睫毛は今時ならではのマツエクかな。

うん。おしゃれだ。ブレザータイプの制服も可愛いし。

対する私は黒っぽい紺のパンツスーツに黒目で黒髪。汗で崩れてもいいように、軽いナチュラルメイクしかしていない。

ストレートロングの髪は後ろで一つに結んでいるだけで、おしゃれ度はゼロだ。

更に女子高生と十歳は離れているだろう年齢。若さという武器の前では確かに完敗である。

「聖女よ、こちらへ」

魔術師団長達が止める声を聞かず、殿下《でんか》は女子高生の手を取り立たせると、扉の方へ向かおうとする。

女子高生も目の前の王族にときめいているのか、目の奥がキラキラしてポーッと眺めている。美形の基準がよく分からないけど、まぁ……殿下《でんか》の見た目は確かに整っている……かな？

なんて思いながら二人を見ていると、扉の前で殿下《でんか》は立ち止まり私の方を向くと言い放った。

「ババァはとっとと出ていけ」

プツン……と、頭の中でなにかが切れた音がする。

いくら年齢を重ねているとはいえ、訳の分からないまま侮辱されて黙っていられるほど、人間できてはいないし、混乱している頭では怒りの導火線がいつもより短かった。

扉を閉めて出て行った二人に周囲は呆然としたり慌てたりと大忙しな中、私は立ち上がり同じ扉に向かって歩いていく。

「……聖女様？　どちらへ？」

魔法陣も気になるのかチラチラと視線を彷徨わせながら、魔術師団長が焦った様子で私へ声をかけた。私はそれに対して怒りから素っ気なく言い放つ。

「ここから出ていく」

「いやいやいや！　それは困ります！」

魔術師団長の声が響くと、壁際に立っていた騎士服のようなものを着た身体つきの良い十数人ほどの人達に阻まれる。

「とりあえずお部屋に案内させていただきます。多少手荒になるかもしれませんが」

どこか馬鹿にしたように笑いながら手を伸ばしてきた人の手を取り、そのまま足を掛けて投げ技をきめた。

「……は？」

「邪魔しないでもらえます？」

「団長!!」

なにかの団長らしい人は、床に倒れて呆然とした。そのまま足を進めようとすると、団長はすぐに正気を取り戻し、叫ぶ。

「囲め！　取り押さえろ！」

その声が号令となり、騎士服を着た人達に囲まれる。この人達が武器を持っていなくて助かった。

周囲へ視線をやると扉の側に全身を鎧《よろい》で纏《まと》った……置物のようなものがある。中に人が入っていると少し手ごわいかもしれないなんて思いながら、また前を見据える。

背負い投げ。回し蹴り。四方投げ。

ちょっと人数が多いかな、と感じたが次々と襲い掛かってくる騎士達相手に、その時々に見合った技を繰り出していく。

自分の身は自分で守れるようになりなさいと、両親が兄や弟と共に私を空手道場に入れたのがキッカケで、幼い頃に柔道・空手・合気道・剣道を習ってきたのが功を奏した。

「!?」

いきなりなにかに足を引っ張られ、身体の軸が一瞬揺れる。

ちゃんと目配りはしていたつもりなのに……そう思って足元を見ると、植物の蔦が私の足に生い茂り、一部が絡みついていた。さらに絡みついていない他の蔦は動いて私の方へ迫ってきていた。

「!?」

驚いて声が出ないとは、このことだろう。

あっという間に、蔦に手足を拘束されて床に転がされた。

「よくやった！」

「いやー緑魔法もこういう時は役立つよなー」

……魔法？　魔法!?

非現実的な言葉を聞いて、しまったと思った。

そういえば魔術師団長だと言っていた。つまり、この世界には魔法が存在するのだ。

念頭に置いていなかった魔法の出現により、私は呆気なく捕まった……

彫刻を施された壁や柱のある、派手さも下品さもない、ただただ豪華に感じる部屋に通された。

後ろには見張りのように甲冑を纏《まと》った人がいる。先ほど見た鎧《よろい》は置物ではなかったらしい。

しかし、歩いている姿は規則正しく、立ち姿も微動だにしない為、まるで機械じゃないかと思えてくる。

この世界、科学も発展していたりするのだろうか？　床の石の冷たさから感じるに、床暖房とかはなさそうだけど。

「あのクソガキ……」

目の前に座る宰相《さいしょう》と名乗った人は、魔術師団長から話を聞き終えた途端、頭を抱えながら開口一番そう口にした。

宰相《さいしょう》と言われる人物は、私より少し年上だろうか。緑の髪に青い瞳をした男性はこめかみに手を当ててため息をついている。

まるでアニメから出てきたような髪や瞳の色だ。もし脱色して染めているのなら、頭皮へのダメージが心配になる。

「とりあえず確認をしたいのですが……この者が言っていることは合っているでしょうか？」

「合ってますね」

こちらの世界に来てから、私の身に起きたことを魔術師団長は宰相《さいしょう》に伝えていた。

私がそれに間違いはないと頷くと、宰相《さいしょう》は嘘であって欲しかったと現実逃避するような言葉を呟いて、更にため息を吐いた。

ちなみに魔術師団長は報告している時からソワソワと忙しない。合間に、魔法陣が……詠唱が……などといった言葉を呟いていた辺り、二人召喚された理由を検証したいんだろうな、と思える。

「……魔術師団長……」

「はい？」

呆れるように宰相《さいしょう》が呼ぶと返事はするものの、どこか上の空のようだ。

「……魔法陣の確認を急いでくれ」

「承知いたしました!!」

言われると魔術師団長は満面の笑みで目を輝かせ、一礼し素早く部屋を出ていった。

「……」

「あー……すまない」

また床に這いつくばって魔法陣を眺めるのだろうかと思い、呆然と魔術師団長の後ろ姿を見送った後の沈黙を、宰相《さいしょう》が破った。

「どうやらクソガ……いや、殿下《でんか》が大変失礼をしたようで……。代わりに謝罪する」

「仕えるのも大変そうですね。国としては大丈夫なのでしょうか」

思わずと言った感じで失言を放ちそうになった宰相《さいしょう》に対して、率直な意見を言わせてもらった。

それに対して宰相《さいしょう》は強く頷くと言葉を続けた。

「あんな馬鹿でも王族だからな。むしろ矯正しようとしない国王も問題だが」

「国王も無能ですね」

むしろそれで国として成り立っている方がおかしいと思うけれど、それなりに歴史があれば無能がトップに立っても数年ほどはどうにかできるのだろうか……余程のことがない限りは。先行きが不安でしかない国だなと思う。

宰相《さいしょう》は再びため息をつきながら、申し訳なさそうに言い出した。

「勝手な言い分だとは分かっているが、どうかこちらの事情が分かるまでは大人しくしていてほしい」

「それは二人召喚されたとか、この国での聖女とか、そういうのが政治に絡んできたりするという意味でしょうか」

私が発した言葉に宰相《さいしょう》の肩がピクリと動き、面白そうに真っ直ぐに私を見る。

「……ほぅ？　……そうだと言ったら？」

「政治が絡むのであれば、色々と面倒なので大人しくはしますよ。こちらの世界に関してはまだなにも知りませんからね」

「ふむ。それは手間が省ける。どうやら話が分かるようだな。私は賢い人間は嫌いではない」

楽しそうに言う宰相《さいしょう》だが、言葉の最後に馬鹿は嫌いだが、と呟いたのが聞こえた。

「とりあえず後ろの騎士を護衛につける。あのアホ王子のことがあるしな。私はエベレ・グランキン。侯爵《こうしゃく》だ。先ほどの魔術師団長はアドラス・ドレスラー子爵《ししゃく》。よろしく頼む」

侯爵《こうしゃく》に子爵《ししゃく》……中世ヨーロッパのような階級だなと考えつつ頭の中に叩き込む。そうしていると騎士の方も口を開いた。

「フェスとお呼びください」

護衛なんて必要なのかと思ったが、自分はこの世界を知らないのだから、とりあえず受け入れるとして……自分の名前をそのまま名乗る気にもならない。ならば……

「……スワです。よろしくお願いします」

常日頃使っていたSNSのハンドルネームを名乗る。

……ネット社会では常に偽名だった。この世界では文字だけの関係ではなく声で呼ばれるが……多分そこまで違和感はない筈。


「スワ様！　お待ちください!!」

「いやもう無理でしょ」

フェスの声に、私の足が止まることはない。目指すは宰相《さいしょう》の執務室。

ここに滞在して一ヶ月。

社畜的な思考からすると、一ヶ月続けられれば次は三ヶ月……そして半年はいけるとなるけれど、そうはいかなかったのだ。

最初の一週間は侍女からの嫌がらせが凄かった。

「貴女のようなお年の方にはこれで十分でしょう」と用意されたのが地味なワンピースのみ。しかしシンプルなほうが好きな私としては色なんてどうでも良かった。

欲を言えばズボンのほうが良かったくらいだ。

辛かったのは水も飲ませてもらえなければ、お風呂も入れず、顔を洗う為に用意された水なんて、手を付けたら痛いほどの冷水だったこと。食事も冷たい野菜くずのスープに硬いパンだけだった。

部屋はかろうじて客室のような感じではあったが、ベッドの中に針が仕込まれていた。

ただでさえ疲れた顔をしていたが、更に日に日にやつれていく様子にフェスが気づき、それからは全て彼がやってくれることになった。

……ただの護衛なのに。全身甲冑で重そうなのに、細かく動いてくれる。ついでに宰相《さいしょう》へも報告してくれたようで、私に侍女がつくことはなくなり、周囲に警戒せず暮らせるようになった。

……そういえば、フェス＝全身甲冑のイメージが定着してしまって、常日頃側にいるのに、その素顔を見たことがない。

それから食事にサラダや果物がつくようになったが、結局不味い。嫌がらせとしか思えないほど、本当に不味い。

味付けがほぼなく、見た目だけの料理なのだ。全員がこういう食事をしているのなら、これがこの世界の料理なのだろう。おかげで食は細り、やつれたままだ。

料理をはじめ、この国のことを知ろうと王城にある図書室へ通っていると……

「偽聖女」「厄介者」「穀潰し」「ババァ」「邪魔者」「気持ち悪い」そんな言葉があちこちから聞こ

えてくる。悪口なら本人に聞こえないように言えと言いたいが、ババァという言葉から大元は権力も地位も持っている馬鹿王子だというのが分かる。

周囲もそれに乗っているのか、ゴマすりしたいのか。それでマトになるこちらとしては、たまったものではない。

挙句、宰相《さいしょう》に理由を含め報告した後、気分転換にと外出許可を取ってきてくれたフェスが、私を城下へ連れ出してくれた時も酷いものだった。

偽聖女は黒目黒髪とまで噂が流れていて、それに当てはまるのが私しか居ない。

……確かにこの世界では、様々な色をした髪や目の人が居るけれど、両方黒というのを私以外見ていない。

……まぁ、一緒に召喚された女子高生も元は同じだろうけど、現時点では髪は染めているようでピンクブラウンだ。

フェスが居るから怪我などすることはないが、街の男達がフェスを邪魔だと言わんばかりに睨《にら》みつけるため、明らかな敵意を感じる。その上、屋台でなにか買おうとしても門前払いされるから気分転換どころではない。

そんな状態で、このまま大人しく王城で暮らせと言われてもと、我慢の限界がきた私は周囲の止める声も聞かず、ここまでやってきた。

フェスに宰相《さいしょう》と会えるように手配を頼んでいたけれど、なかなか会える予定が立たない。

どうやら馬鹿王子を筆頭に周囲の人間が、偽聖女が宰相《さいしょう》と会う必要性はないと勝手に判断をし、会えないよう妨害していたようだ。その為、こうして自ら乗り込んできた。

幸い？　なことに、フェスが側にいるおかげか、警備に配置されているだろう人達から手荒な真似をされることなく、宰相《さいしょう》の執務室の前に辿り着けた。

「エベレ・グランキン侯爵《こうしゃく》！」

宰相《さいしょう》の執務室に向かって私は大声を張り上げる。

「エベレ・グランキン侯爵《こうしゃく》！　お話があります！」

執務室の扉に立っていた騎士が流石に止めようとしてきたけれど、問答無用で技をかけ投げ飛ばしたところで、扉の中から宰相《さいしょう》が顔を出した。

「……スワ様……？」

私の姿を視界に捉えた宰相《さいしょう》は、そのまま手で顔を覆って項垂れた後、執務室に通してくれた。促され対面で座ると、私は間髪入れず言う。

「もう城にとどまるのは耐えられないですね」

「……だからと言って先ほどのような……」

「手を出してきたから対応しただけです」

宰相《さいしょう》が頭を抱えてため息をつく。

「報告は上がっているでしょう？　私は限界です」

言外に容赦なく手を出すぞということを滲ませると、報告を全て理解しているのか宰相《さいしょう》は更に俯いた。

そしてまた周囲に聞こえないような小声で、あのクソガキが……と呟きながら。

「分かりました。城以外で暮らせる場所を用意しましょう」

「城以外で、ある程度安全が保たれて、自由に暮らせる場所であれば何処でもいいです」

「……本当に、スワ様という人は……」

先ほどとは違い、宰相《さいしょう》は軽く息をつく。

あれから聖女が二人召喚された件の調査をしているはずだが、経過は一切聞いていないので知らない。

ただ王子があんな調子なのであれば、女子高生は聖女として丁寧に扱われていることだろう。

しかし、それはそれ。

自分の立場が政治的に問題があるとするならば、城で暮らしているほうが安全なのは理解できるが、誰がいじめと悪口満載な場所で暮らせるか、という話である。

嫌味の一つ……いや、もう拳や蹴りをお見舞いしたいほどだ。

だが、私がそれをすると頭を悩ませるのは宰相《さいしょう》である。

これまでの私への接し方から鑑みると、聖女が二人召喚された謎を解き明かすまでは、宰相《さいしょう》は召喚された二人それぞれに、それなりの対応をしたかったのだろう。

「では、用意が整うまで、いましばらく……くれぐれも！　大人しくしていてくれ」

最後が命令形なのが気になるところだったが「できるだけ早く準備はする」と付け足された宰《さい》相《しょう》の言葉に、あともう少しだけ我慢しようと心に決め、退室した。

翌日、準備ができたと宰相《さいしょう》から呼び出されフェスと共に中庭へと向かった。

「隠す必要もないので言いますが、これが限界でした。クソガキが邪魔を……否、裏の事情で」

「なるほど、馬鹿王子の介入ですね」

宰相《さいしょう》が本音だだもれの言葉を発したので、私もそれに本心で返答した。

どうやら新しい住居は辺境の村らしく、到着まで一ヶ月かかるらしい。なのに、目の前には質素な馬車が一台あるだけだ。

私が出ていくのを良しとしないのは宰相《さいしょう》や魔術師団長だけのようだが、それでもそれなりに準備をしようとしたところを……馬鹿王子が邪魔したのは明らかだ。

辺境の村まで行くというのに、大した準備をする必要はないということなのだろうか。はたまた野垂れ死ねという意味なのだろうか。

色々と深読みをしたくなるけれど、気にしては負けだと、浮かんでくる考えを頭の隅へ追いやる。

まぁ、この程度の準備だからこそ、訴えた次の日に旅立てるというわけか……

「準備に三日ほどはかかるのかと思ってました……」

「私は有能な宰相《さいしょう》ですからね」

ポツリと呟いた言葉に、宰相《さいしょう》が自画自賛《じがじさん》した言葉を返すので、呆れた顔を向ける。有能なのであれば、馬鹿王子に妨害されないでほしい。

私の呆れ顔に気が付いたのか、宰相《さいしょう》は少し悔しそうな顔をしながらも、しっかり私の目を見て言葉を放った。

「私は利益になることであれば先を見通して、いくらでも融通を利かせますよ。そして私は賢い人間を好ましく思っています……スワ様、貴女もその中の一人ですよ」

続けて「ここまでしかできず申し訳ありません」と周囲に聞こえないよう私に向けて言った。

宰相《さいしょう》は悪い人ではないのだろうと思う。宰相《さいしょう》という立場上、色々なしがらみがあるのだろう。

少ない荷物の中には平民が一年遊んで暮らせるほどのお金もあった。これは国王からの餞別らしい。

聞けば、やはり私のことも丁寧にもてなす必要があったとのことだった。そういうことなら、自分の息子を教育しなおしてほしい。

根本的な問題を解決しろ無能、と思わざるをえない。

国王は身分的に軽々しく姿を見せられないし、頭を下げることができないから代わりに宰相《さいしょう》が謝罪をすると言う。それは代わりじゃなく、宰相《さいしょう》が悪かったと周囲にアピールする為の責任転嫁にしかもう見えない。

「この度は大変申し訳ございませんでした」

周囲に聞こえるような声で、今度は頭を下げる宰相《さいしょう》。

まるで王族側に非があるということを見せつけているかのようだ。王子に倣《なら》って私を馬鹿にしていた身分が低い者に対して、牽制の意味もあるのだろう。

だから中庭という場所を選んだのか。ここならば侍女などの身分が低い者ですら通ったりしている。

おかげで、顔を真っ青にしたり、うろたえている人達が何人か視界の隅に映る。そいつらに向けて「自分の頭で考えないからだ、馬鹿」と心の中で毒を吐いていると更に宰相《さいしょう》が言葉を続ける。

「大変申し訳ございませんが、政治的問題から考えて見張りを付けさせていただきます。フェスはそのまま護衛として。そしてもう一人……」

相変わらず頭まで鎧《よろい》で覆い、姿を見せたことのない甲冑騎士フェスは、私の背後霊であるかのように常に張り付いていて、もう違和感なんてものはない。最初の頃はある意味ホラーのように感じていたのが懐かしい。

視線を彷徨わせて、もう一人の誰かを宰相《さいしょう》が探していると、何処からか罵声が聞こえてきた。

「ふざけんな！　なんで俺が!!　離せ!!」

城の中からオレンジの髪をした魔術師風の高校生くらいの男の子が、両腕を騎士に抱えられて連れてこられるのが見えた。

何事だ？　と思っていると、宰相《さいしょう》はいつもの光景だと言わんばかりにそのまま和やかに言う。

「あぁ、あちらが魔術師として同行するルーク・ドレスラー子爵令息《ししゃくれいそく》です」

「くそ!!」

宰相の隣に立たされたドレスラー子爵令息《ししゃくれいそく》はとても不機嫌な顔をしている。

うん、不服なんだろうな。

いきなり召喚された私としては全く身に覚えのない陰口だが、偽聖女に付いて行くなんて嫌なんだろうな、と思えて同情したくなった瞬間、思わぬ言葉が放たれた。

「あの野郎!!　もっと頭働かせやがれ！」

「あまりこの場で言うと不敬になりますよ」

宰相《さいしょう》の言葉で、ドレスラー子爵令息《ししゃくれいそく》の言葉の矛先が馬鹿王子だと確信する。

「この国って王族は馬鹿の象徴とかなの？」

「スワ様……」

私の率直な言葉に、宰相《さいしょう》も顔を覆う。

「権力に媚びたい奴が利用しやすいから、偉い馬鹿は野放しでいいという判断？」

「……俺でもそこまで言えねぇわ……」

ドレスラー子爵令息《ししゃくれいそく》と呼ばれ、暴れていた青年は私の言葉に呆然としている。

「いや、あの歩く失礼発言者に気分を害す気持ちは痛いほど理解できるので」

「あー……」

ドレスラー子爵令息《ししゃくれいそく》は両腕が騎士から解放されると、頭をポリポリと掻いて、なんともいえない顔をする。

「とある馬鹿のせいで、意味不明な噂ばかりが先行している奴の見張りなんざ嫌でしょうが、私が王城から逃れて自由に暮らす為にもよろしくお願いします」

「おまえも大概《たいがい》だな！」

ドレスラー子爵令息《ししゃくれいそく》の驚く声と共に、宰相《さいしょう》の咳払いも聞こえた。不敬だとか言って更に面倒なことになっても嫌だからそろそろ自粛しよう。

私がそんな決心をしていると、ドレスラー子爵令息《ししゃくれいそく》はとっとと馬車に乗り込もうとする。

「ルークで良い。俺もスワで良いか？　とっとと行くぞ」

「あ、はい。よろしくルーク」

フェスも続いて御者台に座り、私も宰相《さいしょう》に「ありがとうございます」と感謝の言葉と共に頭を下げてから、馬車に乗り込んだ。

辺境の村までは馬車で一ヶ月。

電車が欲しいと切実に思ったのと同時に、科学が発展している元の世界が懐かしい。


タンタンタンタンタンタンタンタンタン。


「……」

延々と続けられる貧乏ゆすりは、目の前に座るルークから放たれている。

馬車に乗り込み出発したのは良いが、ルークは未だに不機嫌顔で、窓の外を睨《にら》みながら足を忙《せわ》しなく動かしている。すんなり同行してくれたとは言え、余程馬鹿王子にご立腹している最中だったのだろう。しかし、こちらとしてはうるさくて耳障りだし、一ヶ月もの間、馬車の中でこんな調子になるのは勘弁してほしい。

「馬鹿王子となにがあったの？」

「ん？」

「……足うるさいし……顔が悪い」

「顔が悪い⁉　……あぁ」

率直に伝えると驚いたものの、私の意図を理解したようで、貧乏ゆすりを止めて自分の眉間に寄った皺を撫でている。

「一ヶ月暇だし。なにがあったか聞くよ？」

「つまり暇つぶしだな」

口は悪いけれど悪い人ではなさそうだ。

すぐに私の言葉の意図に気がつき、それに答えてくれる感じのルークに少し心が落ち着いた。

「……聖女と呼ばれている女のことなんだがな？」

「……はい」

言いにくそうに口を開いたルークの第一声目で、ほんの少し聞きたくないなという後悔が心をよぎったが、一応私にも関係のある話になるだろうから続きを促す。

どうやら聖女を召喚した後、この国に聖女の力を留めておきたいからと、それなりに実力と地位があり、見目が良い男を聖女の花婿候補として捧げるらしい。

馬鹿王子のことを、ふと思い出しつい口に出した。

「……馬鹿王子含め、そいつらの選定基準に知能指数は含まれていますか？」

「知能は関係ないからな。地位による職権乱用って知っているか？」

「あー、把握しました」

ルークの理解が早く、言葉のキャッチボールが続くのは心地いい。地位さえあれば馬鹿王子でも殿下《でんか》と呼ばれて敬われているように、聖女の花婿候補をあげる際に、頭の良し悪しはみていないということだ。

そしてルークは魔術師団長の息子として、国内トップ二の魔術師の為に選ばれた。ちなみに魔術師トップは勿論、魔術師団長だ。

その花婿候補には、宰相《さいしょう》の息子や騎士団長の息子、大神官の息子、地位にものを言わせて公爵《こうしゃく》令息《れいそく》も居るらしい。

女子高生にとっては、見目が良いだけで充分ハーレムだろう。

女子高生はオトという名前らしい。オトには、つまり聖女には馬鹿王子が筆頭となり尽くしている状態なのだ。

それに対してルークは聖女召喚で二人現れたことから、まだどちらが本物か確定はしない方が良いと進言していたそうだ。

魔術師団、有能か。

しかし王子はそれを全く意に介さず、困惑していた所に、辺境の村へ行く私のお目付け役を言いつけられたそうだ。

ルークは子爵令息《ししゃくれいそく》ということで、魔術の腕は凄くても地位は低いため、王子が「お前は偽物の相手がお似合いだ！　下級貴族がこの場に居ることもおこがましい」と言い放った……と。

ルークとしては偽物断定もそうだが、実力だけで選ばれ、勝手に花婿候補にされた上におこがましいと言われたことがなにより腹立たしかったそうで……

「普段から殿下《でんか》が馬鹿で多々衝突があったから離れられるのは喜ばしいが、さすがにムカついてな……あれでも第一王子なんだぜ？　しかも王太子なんだぜ？」

「……この国、本当に大丈夫なの？」

息子がそんな感じなのであれば、王太子と定めた父親の方だって同じようなものだろう。

会ったこともない国王に期待するのは完全に止めた。結局、国王も私が王城に居る間に問題解決をできなかった無能なのだ。一ヵ月もあったのに。


朝、城を出発して、休憩を入れつつ馬車での行程は進む。

お昼はこの世界の携帯食なるものを腹に詰め込み、夜は近くの町で宿をとり休むことになった。

そしてやってきた苦行のお時間。

「はぁ⁉　お前もそれだけなのか⁉」

「……も？」

「オト様も、ということですか？」

ルークの言葉に引っかかりを覚えると、代弁するかのようにフェスが名前を出した。

相変わらずフェスは鎧《よろい》を絶対に脱がず、器用に鎧《よろい》の口元だけ開けて、そこから食事をしている。

食事をしている姿を見るのは初めてだが……

そうか、食事中も脱がないのかと、その徹底ぶりに、ある意味で感心してしまう。

「オトも食べねぇんだよ。一口頂戴って、皆の皿から一口ずつ貰った後から、なんか食事の時間を嫌がるようになってな。この世界の料理が口に合わないのかと、料理人も試行錯誤していたが全く食が進まなくて、料理人の何人かは殿下《でんか》に辞めさせられてたぞ」

「うわ、横暴」

しかしオトちゃんも、か……

確かに、日本食が恋しくなるとかいうレベルではなく、この世界の料理は味がない……なさすぎる。

せいぜいあっても塩での味付けだけというのは、醤油《しょうゆ》や味噌《みそ》等の発酵調味料を好んで使い、食している日本人にとっては口に合わないのも当然か。

そして出た、女子高生のあるある、一口頂戴。

自分の料理だけかと思いきや、全ての料理が同じ味で、この世界の食事に絶望したのだろう……。

分かる……分かるよ……

「正直言うと……食事は修行どころか苦行」

「そこまでかよ……」

「死なないならば放棄したい」

「そこまでかよ!?　食べられない奴も居るんだぞ!?」

「命の恵みには感謝してます」

「……そっちの世界、どんなんだよ……」

食べるものがなく息絶えていく人が居る中で、食事を取れるということは有難いことだ。

死なない為にも食べる……が、如何せん舌が肥えている。

「ん～道具や材料があるなら作れるけど……」

「異世界の料理、気になるな～」

「それならば、明日の夜は食事の用意をお願いしても良いでしょうか？」

「明日？」

フェスもお願いするほど気になるのかと思いながら、明日の行程を確認する。

どうやらこの町で携帯食を買って明日の昼に食べ、夜は周囲に町も村もない為、野宿になるのだと言う。

「……大変申し訳ございません。しっかり護衛はさせていただきますので」

「あ、気にしないので大丈夫です」

「そこは気にしろ。仮にも女ならば」

気にしても状況は変わらないだろう。

更に旅程を早める為ならば必要最低限以外は町に寄らなくても良いと伝えると、ルークは盛大なため息をついた。


「鑑定!!　これ本当に凄い!!」

鑑定と唱えると、目の前にウィンドウのようなものが立ち上がり、対象物の識別結果が表示される。しかもご丁寧に日本語で表示してくれるので、自分の魔法感がしっかり出ていて感動する。

「お前……もう使いこなしてるのかよ……」

「うん!!　これ便利な魔法ね！」

料理の準備のため手持ちの材料を見せてもらったが、調味料が少ない。

町でお店をまわってみると、胡椒《こしょう》に似たものは調味料としてではなく香り付けとして売られていて驚いたが、一応購入した。

乾燥までさせてあるので助かるとしても、それだけでは心もとない。

ハーブはないのかと聞いたら知らないと言われた為、では草を見分ける魔法はないのかと尋ねたところ鑑定の魔法をルークに教えてもらった。

魔法自体そう簡単に使えるものではないとのことで、半信半疑で使ってみたところ、本当に使えて驚いた。

あまりの便利さと初めての魔法に感動し、目の前にあるウィンドウに触れようとするほどだ。勿論、触れられるわけはなかったが。

ルークは呆れの眼差しで子どもかよ……と呟いていたが、そこはしっかりスルーさせてもらう。

魔法がない世界から来た人間が初めて魔法を使うのだ！

そりゃ驚きもあるけれど、喜びが勝って当然だろう！

開き直った私は、ハーブを探す為に次々と鑑定を繰り出していく。

「あ、やっぱバジルだ。これはローズマリーね」

フェスが猪《いのしし》を狩ってきたので、解体を任せている間にハーブを探し、ついでに食べられるきのこも、いくつかゲットした。

かき集めた調味料ではせいぜいスープと、トマトやバジルを混ぜ合わせたものが作れる程度だろう。残念なのはチーズがないことだ。

スープは猪《いのしし》の骨を洗い、湯引きしたあとに見つけてきた生姜とネギを入れ、煮出しながら灰汁《あく》取りをする。煮込むのは魔法で火を熾《おこ》せるルークに任せて、私は食材を一口大に切っていく。

解体が終わった肉にはローズマリーをつける。胡椒《こしょう》は挽《ひ》くことが難しいので、綺麗にした石で削ってかけて、見つけてきたニンニクもつけて焼いていく。

灰汁《あく》取りが終わったスープは煮込む時間が短いから期待していなかったが、この世界の猪《いのしし》は良い食材なのか、いい感じの味付けとなっていた。それに野菜を放り込んで、塩と胡椒《こしょう》で味を整えてみることにする。

「なんかすげぇ良い匂いがする……」

草ばっか！　と喚いていたルークは、料理が完成に近づくにつれ喉を鳴らしている。

表情は分からないが、フェスも気になるようで、普段微動だにしない肩が少し揺らいでいる。

私も私で、久しぶりに味がある食事!!　と浮かれてしまう。

近くにある切り株や岩などを椅子代わりにして、買ってきたお椀にスープを注ぐ。

肉やトマトなどは綺麗な葉っぱをお皿代わりにしてよそった。

「いっただきまーす！」

一口、口に含むと感激する。

久しぶりに味のある食事！

色んな食材が生えていたことが功を奏したのもあるし、今までの味がなさすぎた食事を考えると幸せでしかない。

ルークに至っては草が……なんて言いながらも手を止めることなく料理を口に運び、フェスも無言で食べ進めている。

「……これが向こうの料理だったら、そりゃこっちの料理は口に合わないよな」

「食材の味を損なわず、それでいて他の食材がお互いを引き立てあっている」

「うん……調味料がもっと揃えば更に良いんだけどね……」

これが向こうの味だと思われてもなぁ、と思い少しだけ訂正するも、どうやら喜んでもらえたようで私の心も喜びで温かくなる。


一夜明け、野営の片付けをした私達は、再び辺境の村へ向かって出発しようとして馬車へ乗り込んだ。

「なにか力が漲《みなぎ》ってくるようですね」

そう言ってフェスが張り切って馬をひく。

野営にしてはしっかり疲れが取れたとルークが言いながら、馬車の中で魔法講義を始めた。

「料理になにか魔法をかけたのか？　スワ自体を鑑定して良いか？」

「どうぞ？」

「……嫌がらねぇんだな」

どうやら人に対して鑑定をするのは相手の全てを暴く行為に等しいため、嫌がられるのが当たり前だという。

と言っても私は魔法のことがなにも分からないから、嫌がる理由もないと言ったら、ルークは納得していた。

そもそも聖女が二人いる時点で、魔術師団長が鑑定をかけることを進言したが、それに対しあの馬鹿王子がオトにそんなことができるか！　と猛反対したという。

宰相も一緒になってなんとか鑑定をさせてもらおうとしたが、相変わらずの頑固さで一切話を聞かなかったらしい。じゃあ私のほうの鑑定を……と申し出たが、あんな偽物を構ってどうする！と邪魔ばかりされていたようだ。

うん。もう簡単に予想できる。

実際会ったのは暴言を吐かれた時の一回だけだけど、聞けば聞くほど問題しかないな、あの馬鹿王子は。

意外と苦労していたのね宰相《さいしょう》……一ヶ月で我慢の限界だと言って出てきたけれど、申し訳なかったかな……

「いや、出てきて正解だと思うぞ」

「……声に出してた？」

「一応、不敬になるから王子の話を外でする時は気をつけろよ？」

無意識で声に出していたらしい私に対して、ルークは注意するよう言ってくれた。

「じゃ、鑑定……ん？」

「ん？」

いきなりルークが難しい顔をして私にジッと視線を向ける。

「……鑑定」

「？」

「……お前、なんなの？」

「どういう意味？」

「鑑定ができないんだけど？」

「異世界人は鑑定できないとか？」

「聞いたことないぞ、そんなこと」

ルークは腕と足を組んで、なにかを考えているようだ。

更に詳しく鑑定という魔法について聞いてみると、鑑定の魔法は各々のレベルにより差が生じるらしく、当たり前のことながら弱者が強者に鑑定をかけることができない……つまり、自分よりレベルが低い者のみを鑑定できてしまうらしい。

鑑定ができないということは、私の方がルークよりレベルが高いのではないかということが予想される。

人間にレベルがあるとか、どれだけＲＰＧな世界なんだと思ってしまうし、それはそれで色々問題も起こりやすそうだ。

というか、実際に鑑定で問題は起こっているとルークは言う。

「もういっそ自分でステータス見てもらったほうが良さそう。意外とそれもすんなり使えたりして」

「ステータス？　おぉ！」

半信半疑で唱えてみると、またもいきなり目の前に現れたウィンドウに驚かされる。

いやだって、本当に出ると思わなかったんだもん！

「……ほんと、なんなのお前!?」

両手で頭を抱えてルークが俯く。本来そう簡単に魔法は使えないらしいから、魔術師としては色々と思うことがあるのかもしれない。

そんなルークをよそに目の前に出てきたウィンドウを見ると、そこには見たくもない文字があり、思わず首をかしげた。

「……なんだよ？　なにがあった？」

「……いえ別に」

首を傾げたまま無言の私にルークは怪訝な目を向けるが、私はウィンドウから視線を逸らせない。

だってそこには……

名前：早崎《はやさき》　由希子《ゆきこ》（スワ）

レベル：53
HP：5300/5300
MP：23000/23000
職業：大聖女
スキル：柔道・剣道・空手・合気道・情報収集・料理・プレゼン
魔法：火魔法・風魔法・水魔法・地魔法・光魔法

大聖女？　は？

脳内では静かに、この世界に来てからのことが駆け巡る。

うん。無視しよう。見なかったことにしよう。

女子高生だって同じように大聖女かもしれないし、バグの可能性もあるだろう。

むしろ53でルークより私の方がレベルが高いというのはどういうことなの？

平均はいくつ位なのだろうか？

全く予想がつかない。これをそのまま伝えるのは危険な気がする。

「とりあえずスキルに料理はあるね」

「ふーん」

「ふーんって……それだけ？」

「いや、もうなんか色々と規格外すぎて……あえて聞きたくない」

ルークは言外に、なんとなく色々と予想できていますよ、と匂わせている。

詳しく聞かれないことに内心ホッとして、つい聞いてしまった。

「魔法に火と風と水と地ってあるんだけど、これなにができるの？」

「普通は四属性全て使える奴なんて居ないからな⁉　時間は沢山あるから、とりあえず大抵の基本は教えてくから心しとけ‼」

光魔法に関しては聖女が関係していそうなので、他のを聞いてみたのだが、それだけでも普通じゃなかったらしく、ルークは項垂れて叫んだ。まぁ教えてくれるなら、こちらとしては有難い。

こういうのって報告しなきゃいけないの？　と、見張りであるルークのことを考えて、念の為に尋ねる。

「んなもん伝えた所で、馬鹿王子が怒り狂うだけだ」

ルークの返事のあと、御者台から笑い声が聞こえる。

すぐに「すみません」とフェスの声がしたけれど、フェスの笑い声を聞いたのは初めてだ。その和やかな雰囲気で、無意識に入っていた肩の力が抜けた。

思えば召喚されてからずっと、緊張し続けて生活していたのかもしれない。

「ふっ……ふふっ……あははは！」

私も思わず声を出して笑う。

フェスの息を呑む声や、ルークの驚いている顔を見て、そういえばこの世界に来て笑ったのは初めてだなと思い返す。

悪意の目はとても多かったけれど、宰相《さいしょう》も……そしてフェスやルークも悪い人じゃない。

まぁ共通の敵……というか馬鹿王子に苦労しているという点で、意気投合しているような感じがしないでもないけれど。

私はこの世界で生きていかなくてはいけないのだろう。

気を引き締めて、新しい世界を知っていこう。

「ルーク！　なにか生活が便利になる魔法教えて！」

「どんなんだよ⁉　とりあえず順番だ順番‼」

まずは自分にできることから始めてみよう。


一ヶ月と予定していた旅は、私が時間短縮を望んだのに加え、疲労もなくいつも以上に体力があるというフェスのお陰で、二週間ほどで済んだ。

時折フェスが自分のステータス画面を眺めながら首を傾げているのだろうか、少しだけ頭が揺れている。

「どうしたの？」

思わず私がそう聞くと、ルークもなんだ？　と近づいてきた。

「あ……いえ。少し自分のステータス画面を見ていたのですが……ほぼＨＰが減っていなくて」

「あー……俺もあまり疲れを感じてないな……あんな馬車なのに」

そう言ってルークは質素な馬車に視線を向ける。

確かに揺れは結構あったから、私としても腰やお尻が痛くなってもおかしくはない筈だが、全くそんなことなく辿り着いた。

「いつもと違ったと言えば……」

「……料理くらいじゃね？　スキルあるっつってたし」

ルークもステータス画面を眺めているようだが、正直なところ、私は自分のステータス画面というものを見たのは最近のことだから、比較できるわけでもなく……というか、さり気なく私のせいにされてないだろうか？

「早く家に行きたい」

「それもそうだな」

「そうですね」

自由に暮らせる家にやっと着いたのだ。話題から逃れる為というのもあるが、私がポツリと呟いた言葉に二人も賛同してくれた。

着いた辺境の村は森の側にあり、隣国にも近い。

近くにはそれなりに大きい町もある為、多くの人はそちらに移住しているようで村人は少なく寂れた感じがする。

私としては、待ち構える田舎の自給自足スローライフを考えるとワクワクした。

現代社会で完全に自給自足というのは色々と不便そうだと思っていたが、野営を何度も経験しているうちに楽しくすらなってきたのだ。

……狩りと獲物を捌《さば》くのは任せっきりだけれど。

「うえ⁉」

「これが宰相《さいしょう》の精一杯だったのでしょうね……」

ルークが奇声を発した後、フェスの若干ため息混じりの声が聞こえた。

村から外れた森の近くに木造の平屋建てが見える。

「やった！　掃除が楽！」

「そこかよ⁉」

ルークが盛大に突っ込むが、城みたいな大きくて天井も高いような建物だと、掃除をどうするんだと言いたい。

馬鹿王子の邪魔に思わず感謝した。

実際私が住んでいたのはワンルームだし、ぶっちゃけ家は平屋で十分だと思える。あとは収納する場所さえあれば十分だ。

まぁ、ルークのような貴族には辛いのか……？

あれだけ野営していても、住む場所となれば別だよね……と思い哀れんだ目で見つめながら言葉をかけた。

「住めば都と言う言葉が私の世界にはあってね……」

「いや、スワがいいならいい。そんな目で俺を見るな……」

「……あ、掃除の魔法教えて」

「順応するのが早すぎだっつーの!! 魔法は順番に教えてやるから！」

そんなやり取りをルークとしていると、フェスは家の中へ入っていく。

甲冑が邪魔そうに見えるが、本人は気にした様子がない。

私もフェスに続いて家に入ってみる。

トイレとバスルームもあって、キッチンが併設されているリビングのような部屋には、机と椅子や収納棚まである。

あとは四部屋、ベッドが置かれている個室があった。

「家具がある！　宰相《さいしょう》最高！」

「喜んでいただけているようで幸いです」

フェスがそう言う後ろで、呆れたような目をするルークが見える。

異世界人云々とかで、もっとちゃんとした場所を用意されるべきとか、そういう意味かもしれないけれど、今日から休める場所があるだけで助かる。

「ここでの生活を考え、今後の予定を立てよう！　まず掃除！　そして足りないものを町へ買い出しに行こう！　畑も欲しい！」

超充実したスローライフを夢見ながら、私は今後の計画を立てていく。

とりあえず簡単にでも掃除した後、夕飯の為に調味料が欲しい！

第二章　スローライフを満喫します

さすが魔術師として二番目と言うだけあって、ルークは風・火・水の魔法が使えるらしく、今日はルークが手早く風魔法で掃除をし、水魔法で洗い、ゴミは火魔法で燃やしてくれた。それはもう一瞬といっていいほどで、日本では絶対に見られないような光景に目を輝かせていたら、ルークはやりづらいとボヤいていたが気にしない。

手早く荷物を運びこんだら、ここから徒歩で一時間ほど行った先にある町へ向かう。

フェスが馬車を用意しようとしていたが、向こうの世界の仕事では散々歩き回っていたから、一時間くらいなら問題ない。むしろ丁度良い運動だ。

町へ着くと、商店街のような通りへ入る。商店街といっても、大通りの左右にテントで色々な店が出ているだけ。

一瞬お祭りのような光景を思い出した。

「調味料はどこだろう」

「多分……あそこですかね？　あとは異国人向けのお店とか」

「異国！」

フェスの説明に少し驚くが、まぁ異国があっても普通だな、と思い直した。

むしろ異国の料理はどんなのだろう、味はあるのか……機会があるなら是非とも食べてみたい。

野菜は畑で育てるとしても、当分の間は買っておく必要があるし、肉は狩れば良いし……

「お前……」

「帰ったら狩ってきますね」

また声に出ていたらしく、ルークは呆れ、フェスは返事をした。

というか、フェスとルークをこき使っている感じがあるが、もうそこは一緒に暮らすのだから、協力してもらおう。

調味料のお店につくも、塩や砂糖のような物が並べられているだけだったので、必要最低限だけを買う。

「それだけか？」

「うーん……異国人向けのお店はどこ？」

ルークが少し驚いていたが、正直あれで料理は……醤油《しょうゆ》とか発酵している調味料が欲しくなる。

この世界に発酵技術というものはないのか。

そう思いながら足を進めると、細い横道に異国のものを取り揃えた店を見つけた。

ドアベルを鳴らしながら入ると、そこには所狭しと色々な食材が並べられている。

「お？　珍しい。客か」

「すみません、ここに調味料はありますか？」

「この国の人間が好みそうなものはないがね」

話を聞くと、どうやら隣国に近い為、旅人や移住してきた人用に売っているそうで、この国の人には受け入れられないと言う。

国が違えば環境も違うため、そりゃ色々違うだろうと思いながら、調味料の蓋を開ける。

「こ……これは！」

「どうした⁉」

懐かしい香りが漂った。

思わず次々と他の蓋も開けて中身を確かめていく。

胡椒《こしょう》はなんとかなるし、塩は別の店で買った。

ハーブ等もそこら辺に生えている。唐辛子のようなものも探せばきっとどこかにありそうだ。

そして今、目の前には私が欲していた調味料があったのだ。

醤油《しょうゆ》！　味噌《みそ》！　発酵食品‼

「これ、ください‼　たくさん！」

「たくさん⁉」

店主が驚く声をあげていたが、それ以上に私は浮かれていた。

辺境の村万歳！　むしろ異国ナイス！

異世界といえども、文化の発展や食物等は似ているのか、それとも日本人がどこかに召喚でもされたのか。

周辺国のことも、そのうち調べてみようと胸に決めながら買い漁る。

購入したものをフェスとルークに持ってもらおうとしたら、ルークが自分の持っている小さな鞄に全部押し込んだ。空間とか容量とか、どう見ても入りきるものじゃない。

「え⁉　なにそれ！」

声をあげる私にルークは驚きつつも説明してくれた。

それは魔道具と呼ばれるもので、魔法が使えない人間にも役立つように作られた道具らしい。

まさしく異世界。どこまでも自分の当たり前が通じない。


「これは……」

「うわっ！　すげぇ！」

目の前に並んだ料理に目を輝かせる二人。

ニンニク醤油《じょうゆ》で焼いた肉と、色んな野菜で作った味噌《みそ》汁だ。

さすがに出汁まではと思ったが、異国のお店にカツオ節らしきものがあり、自分の強運に歓喜した。

ここまで来ると米が欲しいと思うが、それはそれで何処かにありそうな気がしてくる。

「異国の料理は味付けが濃いと思っていましたが……これは美味しいですね」

フェスの言葉に、なるほどと納得してしまった。

この国ではほぼ味がない料理をしている為、醤油《しょうゆ》や味噌《みそ》なんて味が濃すぎるのだろう。

使い方次第だとは思うし、味付けの好みもある。

私は素材の味を最大限に引き立てるような薄味が好きだったから、受け入れてもらえたのかもしれない。

「そういえば……食材を冷やしたり凍らせたりするものはないの？」

手を止めることなく食事を進める二人に、ふと思いついたことを聞いてみる。

フェスが狩った肉を保存する方法がないようなので、全て料理に使うか燻製にするかと言われたのだ。

塩漬けを提案したが塩の貴重さを説かれた上、今後の生活を考えると却下された。

「先ほどの食材を保存する……という意味ですか？」

「そう、向こうではそういう箱みたいなのがあって、そこに食材を入れていたので……」

「その話、詳しく!!」

ルークがリスの様に口いっぱいに食べものを頬張りながら、更に目を輝かせ顔をこちらに突き出し言う。

「飲み込んでから喋ろうね」

ちょっと呆れながらも、冷蔵庫と冷凍庫の存在を話す。

水魔法があるなら、氷などは作れたりしないのか、鉄のような箱はないのだろうか。

こちらの世界で存在する鉄資源の話もしたところ、フェスは考えこみ、ルークのテンションは上がりきってしまったようだ。

「ちょっとそれ俺に作らせて!!　つか、他にもなにか面白いもんあったら教えてくれ!!」

どうやら魔道具馬鹿というルークの新しい一面を垣間見た気がする。

村の中心から離れている上に、すぐ側には森。

土地の区別も特にないので、それなりの畑を作ろうと、ただいまルークに魔術を教えてもらっている。

「いきなり耕すとか無理だろうから、まずは土を動かすところから……」

「こう？」

土を動かすと言っても、イメージが湧かない。

とりあえず畝《うね》を想像してみると、ゴウッと言う音と共に土がうねり、混ざり、無事でき上がった。

「この規格外ーーーー!!　普通は魔力循環《じゅんかん》とかを覚えてからだぞ!?」

「お体は大丈夫ですか？」

ルークは怒っているような口調だがどこか焦っていて、フェスに至っては私の体を心配している。

初心者がいきなり魔法を繰り出すのは危険な行為だという。

「魔力循環《じゅんかん》……？」

私はその言葉に引っかかりを覚えた。

体内に巡る温かいものの存在には気がついていたからだ。

伊達に格闘技系を習ってきたわけではない。集中力も人並み以上だ。

そして社会人として物事を見極める力や気づきの能力は養われていたのだろう、自分の中の変化には気がついていた。

身体中を巡るそれを、集め、放出する……そんな感覚。

「お前……まさか……」

「これ……かな？」

そう言いながら、細く弱く薄く放出するように、土が盛り上がるイメージをすると、先ほどとは違い、土が畝《うね》より小さな一つの山となる。

例えるなら小さなバケツをひっくり返してできた山だ。

なにかを呟きながら私を見ていたルークが驚愕《きょうがく》に目を瞠《みは》り、でき上がった小さな山と私を何度も見比べる。

「……魔力循環《じゅんかん》……こんな早く使いこなせる奴、初めて見たぞ……」

「へ？」

「そもそも、そんな細かい魔力放出をできる奴なんざ、この国でも片手で数えられるくらいだぞ……？」

どうやらまたも規格外を叩き出したらしい。

幼い頃からの訓練と、社畜時代の経験だ。

ビバ社畜。嬉しくもないが。

確かにのほほんと暮らしていただけであれば、細かく色んな所に気配りして動くことなんてできなかったと思う。

社畜も……訓練だったのか……

「とりあえず色々試してみるか」

「ルーク様、それはどうかと思いますが」

「実験、実験！」

「ルーク様！」

楽しそうに言うルークにフェスが制止の声をあげる。聞いているとどうやらMPの問題があるようだ。

HPが枯渇すると言うまでもなく命の危機なのだが、MPが枯渇すると衰弱するという。

なにそれ怖い。

まぁ、そうなる前に人間の生きる本能が働いて倒れるため、衰弱するのは一握りだという。

私は能面のような顔になりながらも自分のステータスを開いてMPの数値を確認する。

22751/23000

MPの平均はいくつなのだろうか？

畑を作り終えると、フェスは率先して畑仕事をし、ルークは魔道具作りに勤しんでいる。

一週間ほどで冷蔵機能のある箱を作ってくれた時は感激したが、まだ永久的な道具としては完成しておらず、度々魔法をかけ直す必要があるらしい。

それでも嬉しい！　これで少しは食材が長持ちするというものだ！

そして今日は、少し森の中を探索する日。

色んなハーブが実っている可能性があるので、それを探すのと食料となる肉の狩りだ。

あと、ステータスの確認も。

狩りはフェスにだけ任せているが、タイミングによって疲労感が違うらしい。

私の料理で体力が回復している可能性を確かめるため、ステータスを見ながら散策をするということになった。

調味料などを小分けにして、外で料理をできるような準備をして出発する。料理スキルの実験だ。

「しっかし、あの変な匂いのする草が美味しいとはな」

「妙な匂いがする異国の調味料も美味しかったですね」

「異国のは発酵させてるから……あ！　果物も欲しい！　ふわふわパン作れるかな⁉」

フェスは普段、探索等の魔法を使って、効率よく動物等を探して狩っていると言う。

だけど今日はハーブを探す目的もある為、雑談しながら通りやすい場所を選んで突き進む。

「パンって柔らかいのがあるのか⁉」

「少なくとも向こうの世界では柔らかいね」

と言っても、家で発酵なんてさせたことないけれど。

でもこの世界で柔らかいパンを食べる為なら、いくらでも試行錯誤しよう。

色々試してみたいことを頭の中にメモしながら、二時間ほど歩いたところで、ふと横を見ると湖があり、その側に草の群生地があった。

否、ハーブの群生地だ。宝の山だ！

「シソ⁉　あ！　ミントやパセリもある！」

自信がないので鑑定をかけると、見事に使いやすい香草の山である。

「水もあるし、ここらで飯にするか。ステータスの確認もかねつつ」

「私は動物を狩ってきますね」

そう言ってルークは料理の準備を、フェスは更に森の中へ入っていった。

そして、ある程度狩りが終わって帰ってきたフェスに私はあるお願いをした。

「フェス！　それミンチにして！」

「ミンチ……ですか？」

「細かく刻んだり潰したりするやつ」

「……」

「はぁ⁉」

無言となったフェスに代わり、ルークが驚いた顔で叫ぶ。

鎧《よろい》の下ではフェスもこのくらいリアクションしているのだろうかと想像する。

「いや、肉をそんな風にする意味は⁉」

「え？　そういう使い方しないの？」

私の返答に、ルークは更に驚いた顔を見せた。この世界に肉をミンチにする技術も考えもないのか……

そんな私達をよそに、フェスは解体をし始め呟いた。

「料理の効果を見るのに、もう少し体力を減らしたかった所なので、良いかもしれませんね」

「ちょっと俺の魔法も手伝いで使おうか」

諦めたような声色のフェスと違い、ルークは本当に実験大好きっ子のようで、フェスと一緒にミンチ製作を始めた。


「凄いですね……」

「これがあの細かくなった肉かよ……」

目の前に並ぶ料理に驚く二人。

今回作ったのはシソ巻ハンバーグ。切実に白いご飯が欲しいところだけど、今はまだ硬いパンとサラダを付ける程度だ。

「いっただきまーす」

更なる食事改革を心に決め、パンにシソ巻ハンバーグを挟んで食べようとしたら、なにか黒い、ふわふわで、もふもふした毛玉のようなものが視界の隅に映った。

それはゆっくりとこちらに向かってきている。

「え？　なに？　猫？」

私のその言葉に、食事をしていた二人は手を止め、勢いよく私ともふもふの間に立ちふさがる。

「魔物か」

「ちっ」

剣を抜くフェスと、炎を手の上に出すルーク。

あれは肉の部分が少なそうだ、というか、もふもふしていて子犬とか子猫を彷彿とさせる黒い物体を、魔物と認識するのは少し悲しい気もする。

なんせ私は猫とか犬とか兎とか、もふもふした動物が大好きなのだ！

社畜すぎて世話ができないから飼えなかっただけで。

『……おなかすいた……』

「え？」

そんなことを考えていると、黒いもふもふは殺気を感じたのか、それ以上近づいて来なくなった代わりに、なにか言葉を発した。

「どうしたんですか？」

驚いている私にフェスが声をかけてきた瞬間、ルークが火の玉を黒いもふもふに飛ばそうとする。

「ちょっと待ってルーク！」

「どわぁ⁉」

思わず、魔法を使ってルークの頭上から大量の水をぶっかける。

「お前なぁ!?　なにすんだ！　てか自重しろ少しは!!」

「ごめん、ちょっと焦って……」

咄嗟《とっさ》にコントのように頭から水をぶっかけるイメージをしたせいか、ずぶ濡れ状態のルークがそこに居た。

ぶつぶつ文句を言いながら、火と風の魔法で自分を乾かしているルークから視線を外し、黒いもふもふを見つめる。

「ねぇ、おなかすいてるの？」

『え？　声聞こえるの？　うん！　おなかすいた！　美味しい匂いがしたから来たの。攻撃しないで？』

なんか、凄く可愛い。

というか、もふもふが喋ってる！

癒される！　嬉しすぎる！

「魔物って会話できるのかぁ～」

「いや、できねーから」

「スワ様、魔物の言葉が分かるのですか？」

魔物と会話ができることに感激していたら、まさかの否定する言葉が二人から放たれた。

「え？　できないの？　おなかすいたって。攻撃しないでって言ってるよ？」

「はぁ!?」

驚きの声をあげるルークに、フェスは直立不動のままだ。

表情が見えないから、言葉にしてもらわないとなにを考えているのか分からない。

「おいでー」

とりあえず、意思疎通をはかるべく、黒いもふもふを呼んでみる。

私の言葉を聞いた黒いもふもふは、素直に私のほうへ寄ってきた。


「はい、あーん」

『あーん』

どこに口があるのだろうと思いながら、シソ巻ハンバーグを近づけると、口らしきものが開いた。

うわぁ可愛い！

よくよく見ると、つぶらな瞳も分かる。

「撫でても良い？」

『良いよー』

一生懸命食べているもふもふの形を確かめようと、ゆっくり優しく撫でる。

うん、毛深いだけのようで、しっかり猫のような犬のような動物の輪郭が分かる。

これはもしや肉球もあるかも!?

そんな期待で心踊る私をよそに、得体の知れないものを見るかのような目をしているルークとフェスの二人は、食事の手を止めることなく、黒もふもふの行動をしっかり監視している。

「魔物……ですよね」

「魔物……だよな」

一心不乱で食事をしている上、私に撫でられている様子は、ただの動物にしか見えないのだろう。

「あ〜飼いたい」

「は⁉」

『美味しいご飯食べられる⁉』

「こんなので良かったら毎日食べられるよ〜」

「危険かもしれませんよ！」

ルークの突っ込みを無視して黒もふもふと喋っていたら、フェスまで止めに入った。

『なにもしないよ？　ダメなの？』

「可愛い〜〜〜‼　飼う！　飼う‼　一生面倒見る！」

『やったー！　美味しいご飯！』

「スワ⁉」

「スワ様⁉」

可愛い黒もふもふを抱きしめ、頬ずりする。

私の声だけで、どんな会話がされたのか理解したフェスとルークは焦っているけれど、そんなの関係ない！

「大丈夫！　害になるって分かったら氷漬けで飾るから！　もしくは丸焼き！」

『ヒッ！』

「お前……」

私の一言で怯え震えている黒もふもふに、ルークは同情の目を向けた。

「……スワ様が決めたのであれば……」

フェスはそう言って、料理を一口食べては空中を見て、また食べる。という行為を繰り返している。

ステータスの確認だろうか。

「どう？」

「あ、そうだった」

私の声に、ルークも気がついたように自分の目の前を見つめる。

シソは防腐、殺菌……あと胃腸の働きをよくするだったかな？

ハーブ自体に色々と効能があった気がする。

『なにしてるの～？』

「あぁ、うん。なんか私の料理を食べると、いつもと違う力が漲《みなぎ》るとか……」

『そうだよ～！　今は緩やかに回復してるよ～！』

「さすがハーブ。さすが異世界」

「いや、なに言ってんのか、わかんねぇ」

黒もふもふと話しているとルークがそう返してきたので、ハーブの効能を簡単に説明する。

すると、フェスが頷きながら言った。

「確かにＨＰの回復が若干早いように感じますね」

「マジか」

頷くフェスと黒もふもふだが、そもそもＨＰの概念に未だに慣れない私がいる。


家へ帰る道中、黒もふもふと呼ぶのは言いにくいので名前を聞いたら「名前をつけて」なんて可愛く言われたのでクロと名付けた。

「そのまんまだ」というルークの突っ込みは無視だ、ペットの名前は分かりやすいのが一番いい。

クロを洗い、毛を少し切って形を整えると、小さな三角耳と短い尻尾のようなものが少しみえる。

長毛のままにしたのは完全な私の趣味だ。

見つけた肉球で遊びながら「これぞ至高の癒し」なんて呟いたら、何故かルークが残念なものを見るような目をしながら「お前の至高って……」と言っていたが、それも無視だ。誰がなんといおうと、これは私にとって至高の癒しである。

そして十分に癒された後は、森から取ってきた大量のハーブを庭に植える作業をする。

「そんな大量にどうするんだ？」

「売る」

「……は？」

「それは良いですね。レシピもあると更に良いかもしれません」

「あ、じゃあそれも売る」

「……はぁあああ!?　レシピは待て！　まずは実験だ！」

つまりハーブを売るのは良い。と、脳内で都合よく解釈し、せっせと植え始める。

フェスは手伝ってくれているし、ルークは日陰で野菜に水をあげている。

ちなみにクロは日向ぼっこ中だ、可愛い。

今すぐクロのお腹に顔を埋めたいのを我慢しながら、ルークに実験とはなんだと話を聞いてみる。

どうやら、ハーブの効能がどういったものか、ハッキリ分かってからレシピを売りたいとのことだ。

私に料理のスキルがあるとはいえ、ハーブ自体に色々な効能があるのならば、フェスやルークが作った場合もなにかしら効果があるのかどうか気になるらしい。

「ならハーブを使った料理と、使ってない料理を作ってみる？　色々とレシピ開発したいし」

そんな提案をすると二人も賛成してくれる。

回復するのは料理スキル、もしくはハーブのおかげなのかといった実験を含めつつ、食生活を更に豊かにするためだ。レシピ開発はかかせない！

「あ、二人に作ってもらうのはお菓子が良いな。メレンゲとか体力使うし」

「……は？」

「……メレンゲ……ですか？」

「ひたすら混ぜるから腕が痛い」

「鬼！」と叫ぶルークの声をスルーし、ハーブを植え終えた私は魔法で手を洗うと、そのまま一直線にクロの元へ向かい、もふもふを堪能した。

『スワ～くすぐったいよ～！』

そんなことを言いながらも、スリスリしてくるクロは天使としか言い様がない。

クソ可愛い！

諦めたかのように水やりを続行するルークの手が、ふと止まる。

「……おい……」

「ん？」

「なんか……もうほぼ実ってないか？」

そう言われ畑の方を見ると、数日前に植えたアスパラガスがぐんぐん伸びていた。

「スワ様。なにかしましたか？」

とうとうフェスまで、私がなんかしたと言わんばかりのことを言い出した。

早く育てー！　沢山実れー！　と思いながら耕していたし、植えたたし、水もあげていたけど……

そっと二人から視線を外すと、ルークのため息が微かに聞こえた。

「……宰相《さいしょう》に報告ってさぁ……」

「する必要ないでしょう」

ルークの呟きを、フェスがばっさりと切り捨てた。

「クレソンは料理に添えて、レモングラスは虫除けに、ミントやカモミールはお茶にしたりお風呂に浮かべたりですね」

「ほぉほぉ、なるほど！　これは良い！」

「では、買取りありがとうございま〜す！」

「まいったなー！　また良い使い方も教えてくれよ！　その方がこっちも売れるからな！」

そう言って馴染みの商人は、ハーブをある程度購入し帰っていった。

ここで過ごし始めて三ヶ月ほどがたった。

ハーブの料理に関しては、フェスやルークが作ったとしても回復の効果はなく、ハーブ自体の効能があっただけだった。

おそらく回復の効果は私の料理スキルの関係だろうということになった為、簡単なレシピも売っている。

最初は訝しげにしていた商人だったが、使い方を教えながら交渉すると気に入ってもらえた。

最近では、周辺の村や町では大人気なうえに、私が作るハーブや野菜は育つ速度も異様に速いため、日々暮らしていくには十分な収入が得られるようになった。

有難い日々を送らせてもらっている。

毎日コツコツと畑仕事に必要な魔法を使い、料理をしてスキルを上げるという、魔法ありのスローライフ。

もふもふ付きのうえに睡眠時間もちゃんとあるなんて！

幸せすぎる！

「ミントティーいれたよ～」

日差しも厳しくなり、夏と言わんばかりの季節となってきた。

相変わらずフェスは全身鎧《よろい》を纏《まと》っていて、一緒に暮らしているのに、私だけでなくルークも素顔を見たことないというレベルだ。

そんな中、剣の練習や魔法の練習をしながら畑仕事もする二人に、熱中症で倒れないよう冷えたミントティーを出す。

「助かる！」

「さっぱりしていて美味しいですよね」

『やった～！』

ちゃっかりクロも交じる。長毛だからこそ可愛いのだが、この時期は暑そうだ。

まぁ、日本の気候に比べると焼け付くような暑さではなく、日焼けで肌が赤くなることもない。

風が吹くと心地よく、薄手の長袖を着ることもできるくらいだ。

といっても暑いものは暑い。そこは変わらない。

涼を感じようと、霧を発生させる噴水のような物を思い浮かべ、周囲に出してみる。

「ほんっと、規格外。つーか、どんな発想力だよ」

ルークがそんなことを呟くと、フェスが興味深げに霧を眺める。

「異世界には、こういった物があったりするのですか？」

「そうだね、似たような道具はあるよ」

主に霧吹きを想像しながら答えると、ルークは道具という言葉に食いついてきた。

ちょうどその時。

『スワ!!　なにか来る！』

「え？」

談笑していると、クロが大声を張り上げる。

フェスやルークに聞こえないのが分かっているのか、クロは二人の前で手足をバタバタさせて訴えている。可愛すぎる。

「クロ？」

「どうしました？」

慌てた様子のクロを見て、何事かと二人が声をかけると、村の方が騒がしくなっているのに気がついた。

「え？　なに？」

村からは少し離れているせいか、なにが起こっているのかまではすぐに把握できなかった。しかし、人々の声が徐々に大きくなっていき、それが悲鳴なのだと分かると同時に、剣の音も微かに聞こえる。

「スワ様はこちらに居てください！　ルーク！　後は頼んだ！」

言うが早いか、フェスは村の方へ駆けていった。

「で？　どうする？」

私の性格を、もう把握しているだろうルークは、私が黙って大人しくしているわけがないと意見を求めてくる。

どう答えたものかと考えながら、ヨモギをすり潰したものを取り出していると、クロがまた叫んだ。

『魔物の群れだ！』

「スワ!?」

クロの声と共に駆け出した私に、ルークが焦って、後を追いかけてくる。

「魔物の群れだって！」

「くそ！　なんだってこんな村に！」

もう見えなくなったフェスの後を追いかけ、村へ駆け込むと、血と土埃と獣の臭いが立ち込めている。

「どけ！」

鎧《よろい》が壊れて血まみれになった人が、村はずれの家屋へ運ばれて行く。

家屋の方を見てみると、軽装な鎧《よろい》をつけている人達は、怪我をしているものの比較的動けているようだ。

だが、今見た血まみれの騎士の怪我は重そうだった。

「村にあるのはせいぜい自警団くらいだ。町になると騎士が常駐しているだろうが……騒ぎになってすぐ、この村に居るなんて……」

そう言いながらルークは怪我人の集まる家屋に走る。

自警団……消防団みたいなものだろうか。確かに騒ぎが起きてすぐ、町に居る騎士が駆けつけているというのは変だ。

家屋では村人達が必死に手当てをしている。

比較的軽傷の人から話を聞くと、どうやら町の方から魔物の大群が鳥のようなものを追いかけて攻め込んできたらしい。

その為、町に居た騎士や魔術師達が向かう先に村があると気づき、すぐに駆けつけてくれたそうだ。

そして今は、町から来ている騎士達が前線に立ちふさがっているが、魔物の軍団に押し切られそうな状況だという。

「誰か！　こいつを助けてくれ!!」

状況を大体把握した頃、家屋に大声が響き渡る。

泣きそうな顔で入ってきた人の背中には、血まみれの騎士がいる。

その人を横たえると、怪我の具合が私の目にもしっかり見えた。

画面越しじゃない。血の臭いが含まれる現実。

とめどなく溢れる血、赤い肉、白い骨。引きちぎられた腕。

背負ってきた人は「親友なんだ、助けてくれ」と泣き叫ぶも、周囲の人達は首を横に振る。

まだ呼吸をしているのに。まだ心臓は動いているのに。まだ生きているのに！

確かに、現代社会では手術が必要なレベルだけれど、この世界では、まだそこまで医療が発達していないのだろう。

周囲を眺めると、塗り薬のようなものを塗って、布を巻くだけの治療しか行われていない。

親友だろう人の名前を呼びながら喚く人の姿に胸が痛くなり、なにもできない自分に悔しさが込み上げる。せめて、医学の知識が少しでもあれば、なんて後悔しても今更だ。

見たくない現実と怪我から、思わず私は祈った。むしろ今の私には、願い祈ることしかできない。

治れ。

治れ。

治れ。

魔法があるのならば、私にその力を。せめて少しでも回復を。

そして早くフェスの元へ――

強く祈り、願ったその瞬間。

光が溢れ、周囲に降り注ぐ。

「……おまえ……」

驚くようなルークの声が聞こえたが、それに構わず私はこの家屋全体に治れと祈り続ける。

すると、光の粒子が降り注いだ先に居た人の怪我がみるみる治っていく。

「え⁉」

「なにが起こった⁉」

軽傷の人はすぐに治り、重傷の人は光の粒子を吸い込むにつれ、徐々に傷口が塞がっていく。

雑菌も殺菌され、炎症が起こりませんように。

後遺症も残りませんように。

健康でなにも異常がない状態をイメージして祈った。

先ほど運ばれて来た騎士の腕までもが何故か再生しているのを見て、私自身も驚いてしまう。

そして一足先に意識を取り戻した騎士が呟いた。

「……聖女様だ……」

「聖女様だ！」

「聖女様がいらっしゃった！」

「は⁉」

ただのババァですけど⁉　と嫌味を言いたくもなるが、その発言をした大元がここに居ないので口を閉じる。

「いやいや、偽聖女ですけど」と口を開こうとしたら、険しい顔をしたルークに強く手を引かれた。

周囲の人がこちらに寄って来る前に、私は家屋から連れ出され、ルークと共に前線だろう場所へ向かう。

ルークは舌打ちをしながら低い声で言った。

「治癒魔法を使えるのは聖女だけだ。うるさくなるぞ」

「へ？」

思わず間抜けな声が出た。

そういえばステータスに大聖女とかあった気がするけれど、異世界から来た人間だからということで、うまく誤魔化せないだろうか。

そしてきっとルークの言う、うるさくなるとは、騎士から王都にまで噂が届くことを指しているのだろう。

うん、それは面倒なことになりそうだ。

というか、あの馬鹿王子が噂を認めない気がする。

そして聖女だと言われた私に怒りを……あぁ、なんか考えただけで頭痛がする案件だ。

「フェス!!」

そんなことを考えていると、前線で戦う騎士の中にフェスを見つけた。

全身鎧《よろい》の姿なんて、フェスくらいだろう。

五匹の大きな魔物に囲まれ、数名の騎士と共に奮闘している。

周りには大小様々な魔物の死骸が転がっているのを見ると、この五匹で最後なのかもしれない。

ルークが手を前に出すと同時に、風が矢のように飛び、手前に居た魔物にいくつかの風穴を開けていく。

それを見た近くに居た騎士も飛びかかり、前後を挟み撃ちのようにして攻撃を繰り出しているが、未だ致命傷には達していないようだ。

そんな中、疲労困憊になったのか別の騎士がよろめき、魔物の牙がその騎士に向いた時、フェスが庇って立ちふさがった。

「フェス!!」

驚き目を見張る中、スローモーションのようにフェスの兜《かぶと》が宙を舞った。

兜《かぶと》を犠牲に間一髪避けたフェスに、更に魔物の牙が襲いかかる。

ルークや他の騎士は未だ交戦中で、私もルークに倣《なら》って風魔法を放つも間に合わない。

「フェスー!!」

私が叫んだ声と同時に、黒い大きな影が横切り、フェスに襲いかかった魔物の首元に噛み付くと、そのまま噛みちぎり絶命させた。

安堵の気持ちは一瞬で、みんな新たに強い魔物が来たことを理解し、絶望の表情が浮かんだ。

しかし、長毛の黒い大きな魔物は何故か私達に見向きもせず、残りの四匹を爪で切り裂き、肉を噛みちぎり、的確に急所をついて倒していく。

魔物を倒し終わったかと思うと、その魔物は私の方を振り向き、尻尾らしいものを揺らして駆けてくる。

「スワ様！」

フェスが駆けつけようとしたが遅く、ルークが咄嗟《とっさ》に私を庇おうと前に出る。

『スワー！　良かったー！　無事だった！』

「クロ⁉」

私の言葉にルークは固まり、クロはルークを越えて私に頬ずりをする。

わけが分からないと言った様子の騎士達は、フェスがなんとか宥めているようだ。

『追いかけたけど、あの姿じゃ全然追いつかなかったから……間に合って良かった～！』

「うんうん、良い子！　クロは強いんだね～！」

ルークを退け、巨大化したクロの姿に興奮した私は、今がチャンスと言わんばかりにクロの胸元へ顔を埋めてスリスリする。

なんていう、もふもふパラダイス……もふもふに包まれることができるなんて！

「スワ様……どうして此処へ……」

「っ⁉」

もふもふを堪能しているところへフェスが来て、その顔を初めてハッキリと目に映すことができた。

綺麗なサラサラとした金髪に青い瞳。整った顔立ちに思わず息をのむ。

隣にいるルークも同じだったようで、喉の鳴る音が聞こえた。

超絶美形とは、このことだろうか。

芸能人レベルでも、こんな綺麗な顔面を見たことがない。

恋愛そっちのけな私でさえ、思わず顔が赤くなっているのではないかと思えるほど、目に毒なイケメンだ。

空気を読んで、クロは元のサイズへと戻ると、私の腕の中で甘えている。

フェスはそんなクロに目を向けると、感謝の気持ちを口に出した。

「クロ、危ない所をありがとうございます」

『うん！　良いよ～！　だって家族でしょ？』

「クロが家族だから良いよって」

フェスはクロに頭を下げていたが、私がクロの言葉を通訳すると、フェスは安心したように頭をあげた。

うん、イケメン。直視できません。

いきなりの、フェスがイケメンだった事件に、私の心はうろたえている。

ルークのように、明らかに年下というわけでなく、自分と年齢が近そうだから更にだ。

イケメン耐性が一切ない私は、クロを抱きしめ心の平穏を保とうとしていると、フェスが腰から下げている袋のような物が動き出した。

「あ、そうでした」

そう言って、フェスが袋の口を開けると、中から出てきた白い物体が、私の顔面に向かって飛びかかってきた。

「ぶっ!?」

「聖女様～!!」

大問題発言をしながら飛び出してきたのは、どうやら白いふわふわした小さな鳥だということが理解できた。

素早くフェスが嘴《くちばし》の部分を掴んだが、時は既に遅し。

私の心も、イケメンへのドキドキから、別の意味へのドキドキに切り替わる。

「聖女様…？」

「聖女様だと⁉」

「あー……実はもう遅い……デス」

ルークが何故か緊張したような、所々カタコトな敬語を混ぜながら、先ほど私が怪我人に治癒魔法を施したことをフェスに伝える。

少しだけ眉根を寄せたフェスを横目に、もう今更なのであればと、フェスや騎士達、ついでに鳥にも治癒魔法を施した。

鳥は「聖女様ぁ～」と、信者のような目を向けながら、私の肩に乗りずっと頬ずりをしている。

うん、ふわふわで可愛い。

可愛すぎるが聖女と呼ばれるのはなんか嫌だ。そもそもこの鳥は一体なんなのだろうか。

「とりあえず早く帰りましょう」

ざわざわと人が集まりだした為、逃げるかのように家へ戻ろうとフェスが言う。

「クロ、全員乗せていただくことはできますか？」

『は～い』

フェスがそう言うとクロは先ほどのように大きくなり、ルークは一人で、フェスは私をかかえてクロに跨ると、凄い勢いでクロが駆け出す。

「おまえはぁあああああああ!!」

鳥がなにか叫んでいたようだが、一応鷲掴みにして落ちないようにした。

ものの数分で家に着き、クロも普段のサイズに戻り、私の足元に来ようとすると、鳥がそれを嘴《くちばし》でつついた。

「魔王！　魔王がなんで此処に！　聖女様に近寄るなー！」

『痛い！　嫌だ！　ご飯美味しいもん！』

「なんだとー！　魔王の分際で!!」

「魔王!?」

「はぁ!?」

クロの声は聞こえないものの、鳥の声はフェスとルークに聞こえているようで、魔王と言うワードに驚いている。

だが、とりあえずクロは私の可愛いペットで、癒しのもふもふだ。

私はクロを抱き抱えると、鳥から守った。

「クロは私の大事な家族です。そして私は聖女じゃありません。お帰りください」

「聖女様!?　なにを言っているんですか!?」

「スワ様、そういえばそちらの鳥を魔物が追いかけていたようで、私が保護したのですが……」

そういえば治癒魔法をかけた家屋で、魔物が鳥のようなものを追いかけていたと聞いたな。

確かに、このまま野に放つのも問題があるような気がする……特に、このやかましさ。

「あなたは一体……？」

とりあえず、魔物に追われていた理由が知りたくて聞いてみた。

「私は聖女様に仕える聖獣です！」

「私は聖女じゃありません」

「聖獣には聖女様が分かるんです～～!!」

聖女だと言い張るので、私はそこをキッチリ否定させていただいたのだが、ルークとフェスは聖獣……と呟いたまま固まってしまった。

「クロは勿論、フェスもルークも私の大事な家族です！　大切にしないならお帰りください」

「ちょ！　それは!!」

ルークがなにか言いかけたが、フェスの方へ視線を向けた後、フェスが小さく首を横に振った為、なんでもないと言って言葉を飲み込んでいた。

とりあえず現状、この鳥をなんとかしたいので黙ってもらえるのは有難い。

聖獣と自分で名乗った鳥は、ショックを受けたような顔をして震えていたが、なにかを決意したかのように顔を上げた。

「分かりました！　聖女様の言う通りにします！」

「聖女様と呼ぶのも禁止します。私はスワです」

「分かりました！　スワ様！　ただしクロがなにかした時は容赦いたしません！」

「死なない程度で、十倍にして返すくらいなら」

「畏まりました！」

『なにもしないもん！　家族だもん！　ご飯美味しいもん！』

クロが自分も家族だと訴えて、スリスリと私の腕に頬ずりをしてくる。

可愛すぎる！

私もクロに頬ずりして返すと、不機嫌顔になった鳥が「魔王のくせに」と呟いた後、私の肩にやってきて頬にスリスリと頬ずりしてくる。

ここは天国か。もふもふパラダイスか。なんという幸せ！

「スワ？　幸せそうなところ申し訳ないが、色々と面倒なことが起こりそうで、俺は頭が痛いぞ？」

「あ！　そうだった！　私の平穏なスローライフが！　とりあえずお茶でも飲もう！」

こういう時は一息つくに限る。

もうすでに天国を体験していたけれど、ティータイムはまた別だ。これからの生活を考えなくてはいけない。

家に入ろうとドアに向かうと、小首を傾げて聖獣が言った。

「お茶を飲むのに、どうして納屋へ？」

「いや、これ家だよ？」

「なんてこと!?」

納屋という言葉を聞いて、ルークは吹き出し、フェスは遠い目をしていた。

そういえば、ありえない扱いをされていたのだっけ。

ここに住み始めたのが既に大昔のような感覚で、すっかり忘れていた。

私的に平屋建ては掃除が楽だし、ちょうど良かったのだけど……そんなに驚かれることなのかな？　一般市民最高。平民万歳。

「スワ様がこんな所に住まわれるとは！　魔王！　手を貸しなさい！」

『クロだもん～！』

クロが大きくなり、黒いモヤを纏《まと》ったかと思うと、聖獣も尾が長く綺麗な大きな鳥となり、光を纏《まと》う。

黒いモヤと光が混ざり合い、霧のようになり平屋を覆うと、どんどんそれは大きく広がり、霧が晴れて現れたのは、なんと中世的なお城だった。

一夜城ならぬ、一瞬城か。

「スワ様が住まうなら、これ位でないと！」

『これなら、スワに大きい姿でも、いっぱいモフモフしてもらえる！』

満足げに言う一羽と一匹。全身で堪能できるもふもふパラダイスへと、現実逃避のように思考を巡らせていたが、フェスとルークによって現実に引き戻された。

「……スワ様……」

「おまえって本当に規格外だよな……」

「これ、私のしたことじゃないよね？」

「いや、飼い主おまえだろ……」

成り行きでこうなったのに、私のせいにされるのは、なんか解せぬ。


「……覚悟を決めろ」

「なんの話!?」

頭を押さえながら呟くルークに、思わず突っ込みを入れた。

一瞬城に入り、聖獣とクロの案内でリビングのような場所へ向かう。

あまりの広さに思わず嫌な顔をして掃除が……と言うと、聖獣が「私にお任せください！」と叫んだので任せることにした。

というか、この子はもうペットかな？

ペットで良いよね？　聖女とか言い出すのは嫌だけど、献身的すぎて可愛い。

「シロって呼んでも良い？」

「スワ様から名前を貰えた～！　嬉しいです！」

「そっちがなんの話だよ!?　てか、またしても安直だな!?　そしてクロとセットっぽいな!?」

さっそくペットとして名前をつけると、ルークが突っ込みをいれてきた。

ある意味、魔王と聖獣ならセットで良いのでは？

クロとシロなんて覚えやすくて良いじゃないか。

なんて、若干現実逃避をしているのは自分でも理解している。

先ほどの村での行為を忘れているわけではない。

逃げていてもなにも解決しないのは理解しているが、面倒だし、なによりも聖女関連となれば腹立たしさしかない。

「シロが追われていたのは聖獣だから？」

こうなっている問題の根本から、まず尋ねることにした。

『聖獣だからって襲われないと思うよ？』

クロが首を捻りつつ言うと、シロは胸を張って答えた。

「スワ様の元へ行こうとして、途中で力つきた時に魔物の群れに落ちてしまいまして。餌ー！　と追いかけられた為、必死で逃げたのです」

なんだ、その理由。

思わず目を背けてしまう。

力つきても食べられない為に必死で逃げて、餌を欲した魔物の群れも、必死で餌を追いかけたのだろうな……

なんという弱肉強食《じゃくにくきょうしょく》な世界。聖獣なのに……

「魔王だからといって、人間に害をなすわけではないのですか？　そして聖獣だからという理由ではなく、餌……ですか？」

ずっとなにかを考えていたフェスが、やっとのことで口を開く。

確かに魔王と聞けば、良い響きではないどころか、悪い存在を彷彿とさせる。

というか、全く関係ないが、フェスの顔が見えると、やっぱりいつもと少し違う。

ポーカーフェイスのような感じだけれど、いくら隠していても、眉や視線の動く先が分かるだけで、なんとなくだけれどいつもより意思疎通ができている気がする。

一般的によくいう『目を見て話せ』という言葉は、的を射ているのかもしれない。

それに、慣れてくれれば目の毒というよりは、目の保養になりそうな……

「兜《かぶと》、かぶらない方が良いんじゃない？」

「えっ⁉」

いきなり脱線した私の言葉と、ぶつかった視線に対し、フェスが少し動揺する。

フェスがチラリとルークに視線を投げると、ルークが少しだけ頭を下げたかのように見えたが、すぐに視線を私に戻して答えた。

「まぁ……家では必要ないかもしれませんね。それより、聖女に関して少し認識を擦り合わせませんか？」

無関係ですと逃げたい気持ちはあるものの、シロの出現と治癒魔法により逃避不可な気がする私は、大人しく腹をくくり、フェスの話に耳を傾けた。

魔術の源となる魔素《まそ》。それが瘴気《しょうき》と化し、魔素《まそ》が減ると人間は魔術を使うことができなくなる上、呼吸すらできにくくなる。

魔素《まそ》とは、この世界で空気のような役割もあるとされている。

瘴気《しょうき》を払い、魔素《まそ》を循環《じゅんかん》させ、世界を元通りに浄化できる力を持つ者は、別の世界から来る異能の能力を持つ聖女とされている。

そのため、魔素《まそ》が減り瘴気《しょうき》が増え始めると聖女を召喚し、聖女は聖獣と共に瘴気《しょうき》を浄化する。

「私達の間に伝えられているのは、こういう話なのですが」

「間違ってはないわね。と言っても、私も詳しくはないわよ？」

シロとは言葉を交わすことができるので、フェスは自分の認識を確認している。

個人的に、意外とスケールが大きい話な気がする。

だからこの世界に来た時に、あれだけ歓声が湧いていたのかと納得した。

一旦話を変えるのか、フェスがチラリとクロに視線をやりつつ、更にシロへ疑問を投げる。

「それで魔王なのですが……」

瘴気《しょうき》が溜まることにより、魔物や魔王の力が増え活性化すると、今度は勇者を召喚するらしい。

そして勇者が、聖女と聖獣を連れ魔王を討伐し、世界に平和をもたらすと。

「なんじゃそりゃぁあ!!」

「スワ様!?」

「スワ!?」

「スワ様落ち着いてください！」

『スワ～?』

思わず絶叫した私に皆が驚き、フェスに至っては、私の背中をさすりに来る始末だ。

いやいや、だって驚くでしょ！

私は、この世界に対して好感度ゼロどころかマイナスなのに、この話よ!?

「全部、異世界頼みかよ！　自ら動け！　自分の世界くらい自分達で守れ！」

心当たりがありすぎるフェスやルークは、思わず目をそらした。

そもそも誘拐してきて、この世界を助けてくださいなんて、あまりにも都合が良すぎる。

自分達が生まれ育った世界だって、助けられるかなんて分からない私なのだ。

人間は大抵、自分が今生きていくことだけで精一杯だったりするのに、どうしてそんな余計なものを背負わされなければいけないのか。

「召喚されたら生きる為に言うことを聞くしかないのは当たり前。だってなにも知らない世界なんだもの。生きていく術だって分からないんだから。それはもはや脅迫といっても過言ではない」

私の言葉に、フェスやルークは悲痛な表情をしている。

なんとかしたくても異能な能力でしか解決できないのならば、そうなのだろう。

だって、ルークならとっくに魔道具で、なにかできないか試していそうだから。

日夜、よく分からない道具を作っているのは知っている。

『スワ、凄いね。疑問に思ったこともなかったよ』

「クロ？」

ジッとこちらを見つめるクロを膝に抱いた。人畜無害にしか思えない魔王。

『瘴気《しょうき》が集まると、人間が決めた通り勇者に殺される宿命だと思ってた。実際、瘴気《しょうき》が増えれば力に飲み込まれそうになるし、魔王を殺せるのは勇者が扱う聖剣だけだからね』

クロの言葉を、そのままフェスやルークに伝えると、驚愕《きょうがく》に目を見開いた。

つまりクロは、瘴気《しょうき》が増えれば暴走するということだ。

確かに人間より魔物のほうが強いから、魔王が暴れたらひとたまりもないだろう……

だけど、クロを倒すための聖女になんかなりたくない。

思わず怒りでどうにかなってしまいそうな頭を落ち着ける為に、お茶を淹れに行き、口を潤してから話を再開させた。

「魔王を倒して終わりではなく、結局全ては瘴気《しょうき》ってことね！　魔王自体は害がないってことで！」

グダグダ考えても仕方がない。

とりあえず瘴気《しょうき》が問題なだけで、他は気にする必要もないだろう。

実際問題としては、クロの力が暴走しないように瘴気《しょうき》を浄化していれば良いわけだ。

魔王を倒す聖女ではなく、救う聖女でいたい！

クロは瘴気《しょうき》が溜まらなければ美味しいご飯が食べたいだけという、食い意地の張った無害な生物だ。

シロは聖女が放つ光が好きだと言うので、それはなんだと聞くと、聖女の持つ力というかオーラのようなものが、聖獣にとっては力の源なのだと言う。

聖女の光で力を分け与えてもらうことにより大きくもなれるし、浄化の力も多少使える存在だからこそ、聖獣は聖女の側に居たいのだと。

シロも浄化の力が使えるのならば、クロが私達の側にいれば暴走することもないだろう。

「それを国が納得するのか……だな」

「馬鹿王と馬鹿王子なんて知らない」

一番面倒くさそうな話をルークが持ち出したが、正直なところ関わりたくない。

むしろ、このまま一生会わないでいたい。

私が吐いた毒に、いつもなら反応するルークが、フェスの顔をチラリと見た後に俯いた。

ルークがフェスの素顔を見てから、なにかしら態度がぎこちないというか、おかしいというか、いつもと若干違うことには気がついていた。

けれど、あえてなにかを言うことはしなかったのだけれど……

そう思いながら、私はフェスを見つめた。

うん、イケメンだよね、照れそうだわ。

なんて思うけれど、ここで目を逸らしたら負ける気がする。

「なんとなく……周囲からなにか報告がいったとしても、あの馬鹿王子が怒って揉み消すか暴れるか。報告してきた騎士を解雇するとかの暴挙を起こして、王はなにも咎めない気がする。こちらには逆恨み以外の影響はなさそうだけど……なにか対応策がある？　フェス」

ルークが「確かにそうなる未来しか見えねぇ……」なんて呟いているのが、こっそり耳に届いた。

うん、単細胞相手だから、そうなりそうだよね。

そう考えフェスを見ていると、なにかを諦めたかのように息をついた後、言った。

「対応策というか……ある程度の対応はできますよ……」

瞬間、ふと視線を逸らしたルークが視界の隅にうつった。

なんとなく……なんとなくだけど、ルークの態度で、フェスはなにかしら切り札を持っている気がした。

私の遠回しな問いに、フェスは覚悟を決め、しっかり私と視線を合わせて口を開いた。

「私はフェリックス・ダレンシアと言います。……王弟ですね」

「……はぁ？」

まさかの言葉に、私は思わず確認をかねてルークをガン見するが、視線を逸らされた。

「……は？」

今度はフェスに視線を戻すと、フェスは膝を突いて私に頭を下げた。

「召喚の儀式から見ておりまして、人を容姿で判断するエリアスに呆れ、私一人でもスワ様を守ろうと決めました。周囲にバレると面倒だと思い、顔を隠していましたが……」

「エリアスって誰？」

「そこからかよ!!」

ルークのツッコミが舞う。

いや、分かるよ？　話の流れから分かるけど、念の為に聞いておこうかと思ったのだ。

フェスが苦笑しながら答えてくれる。

「国王である兄の第一王子として生まれ、王太子の座にいるのがエリアス・ヴァン・ダレンシアで、スワ様に暴言を吐いた低脳です」

フェスまで不敬な言葉を吐き出した。

いや、王弟なら不敬にならないのか？　身内だし。

というか、無能王とか馬鹿王子とか、血筋かと思っていたけれど、あの二人限定か……むしろ血筋とまで言っていたら、フェスに対して失礼だったな。

血縁者に対して、とんだ無礼を……いや、先に言ってきたのは向こうか。

「暴言って？」

そう思っていたら、シロが首を傾げ問いかけてきた。

「ババァって言われた」

「目を潰して良いかしら？」

カチカチと嘴《くちばし》を鳴らしながらシロが怖いことを言い出した……けれど、この倍返し精神は嫌いじゃない。むしろ清々しいけれど……

「シロの綺麗な羽毛が血で汚れるからダメ」

「スワ様っっっ!!」

感激で目をウルウルさせているシロに、可愛さを感じながらも考える。

だからフェスはこれまで、ずっと顔を隠していたのかと。

ただ、宰相《さいしょう》あたりは事情を知っていそうだと口に出してみたら、当たっていた。

馬鹿王や馬鹿王子周辺にはもらさず、きちんと国のことを考えられるような人には伝えてあり、それ以外の人に対しては、フェスは只今外遊中ということになっているらしい。

フェスからすると、私は召喚された後に、いきなり放り出された哀れな子のように見えたそうだが……年齢はそんなに変わらない。日本人は童顔なのだ。

「普通なら、聖女は王城に囚われる案件だけど……あの王族相手じゃな……だからって、王弟がこんな形で潜伏してること、俺にまで内緒にするなんて！」

ルークが思わずと言った感じで嘆き叫ぶ。

フェスの兜《かぶと》が取れて正体を知った時、表情にはあまり出さなかったけれど、余程驚いていたのが理解できる。

「囚われるなんて！　そんなことはさせませんから」

「いや、確実にこの騒ぎは王城に届くぞ、ある意味で元凶は聖獣だろ」

胸を張って言うシロに、ルークは突っ込みを入れた。

「あの馬鹿王子が妨害しそうだけど……まぁ私的にクロのことは気になるから、できることはしたいけど、政治的なことに関わらずのんびり暮らしたいなぁ。その辺は全部オトちゃんに任せるわ～」

私の言葉に、クロはありがとうと言わんばかりに、足に顔を擦りつけてくる。

クロ可愛すぎか！

ていうか、私が聖女だということを前提に、話が進んでいるのはどうかと思う。

私は、その点に関して、人任せでいきたいのだ。

私の言葉で思い出したのか、フェスがシロへ言葉を投げかけた。

「そういえば……シロはどうしてスワ様の元へ？　オト様の元へは行かないのですか？」

シロは首を傾げながら、質問の意味を考えている。

「聖獣は聖女様の元へ行くものよ？」

「召喚された方は、お二人いますよ？」

「聖女様の光を持っているのはスワ様だけですよ？」

「……よし寝よう」

私は全力で寝逃げすることに決めた。

いっそ今聞いた言葉は、完全になかったこととしたい。

第三章　崩れるスローライフと真の聖女

「スワ様〜！　調味料持ってきましたよ〜！」

「うわぁ！　ありがとう！」

衝撃の事実を知ったものの、あれから私は何事もなかったように過ごしている。

フェスやルークも、今はまだ動く時でもないと判断し、同じようにしていた。

ひとつ変わったことといえば、念の為にルークから、魔法の実験といわんばかりに訓練させられているというか、教えられている。

魔力循環《じゅんかん》の特訓から生活魔法という一般的な弱い魔法、そして森へ行って狩りをする為の攻撃魔法を四属性全部。

火で丸焼きは勿論のこと、水で包んで窒息させたり、落とし穴を作って落とした後に埋めたり、風で切り刻んだりしているだけなのだが……

「ほんっと規格外だな！　魔力循環《じゅんかん》できるのに、どうして制御できないんだ⁉」

「いや、イメージがそのまま出てくるのが悪いというか……」

「むしろ、どんなイメージ持ってんだよ⁉」

いきなり現れた魔物に驚いて、勢い余って森を燃やし尽くす勢いの火魔法を放ってしまったり。更に慌てて、大量の水を雨のように落としたり。そのせいでズブ濡れになったルークは怒り出した。

……まぁ、怒るのは当たり前だ。

「風魔法の練習は自分だけでやれ」

そう言ってルークは自身だけを風魔法で乾かした。

うん、それ私がやると、切り刻まれる心配あるからってやつか？

そう思いながらも、自分で自分を乾かしてみる。

落ち着いていたらできるのだけれど、焦ってしまうと、つい威力を増してしまうという原因を見つけたから、良しとする。

うん、瞑想しよう。精神統一だ！

特訓の他に、ルークは魔道具作りにも専念していて、冷蔵庫と冷凍庫的な魔法具は完成させた。

次はレンジとオーブンを頼んでみると、嬉々として製作をしはじめた。

そして、シロの便利さも明らかになった。

歴代聖女は私と同じく日本人だったらしく……聖女が居たであろう場所で、日本の物を製作していると教えてくれた。

さっき持ってきてくれた隣国の調味料も、まさにそれだ。

家電製品に関しても、録音機みたいな魔道具は他国で製作されているという。

その為、シロは大きく変化して、色んなところから私の望む物を運んできてくれる。

今日はお米と新鮮な魚介類を頼んだのだ！

最近の食生活は素晴らしい。大満足である。

ハーブだけでなく、こういったものもレシピと一緒に売れないかな？

いや、もういっそカフェでも開く……？

どうしても思考が商売とか労働に向かっていくなと考えていたら、外からなにか喚く声が聞こえた。

「なんだこれは⁉　いつの間に城が⁉」

うん。立派な城ですよね。

建ってから三ヶ月ほど経つけれど、普通こんなの三ヶ月で建たないもんね、そりゃ驚くよね。馴染みの商人も、初めは腰を抜かしていたなぁ、なんて思いながら声をかける。

「どちら様ですかー？」

「ヒィイ‼」

シベリアンハスキーより若干大きいサイズのクロと、鷹くらいの大きさになったシロを連れてお出迎えにいくと、騎士服を着た人が腰を抜かした。

しまった。これが日常と化していたけれど、クロに至っては魔物にしか見えないことを忘れていた。

ちなみにクロが大きいのは、私がもふもふできる面積が増えるからです。

シロも同じく。

寝る時は、クロに大きい狼サイズをお願いして、全身をもふもふに埋もれさせているし、シロも大きくなると羽で抱きしめてくれるのだ。

もう天国としか思えない！　幸せすぎる！　大きい部屋ばんざい！

「どうした？」

私が騎士服を着た人そっちのけで、もふもふの幸せを噛みしめていたら、後ろから全身鎧《よろい》を纏《まと》って顔を隠したフェスが出てきた。

訪ねてきた騎士は、フェスを見ると助かったと言わんばかりに手紙をフェスに差し出し、逃げるように帰っていった。

失礼じゃないか？　酷すぎる。

私が不満気に頬を膨らませていると、手紙の封蝋を確認したフェスの様子が少しおかしいような気がした。

嫌な予感しかしない私は、現実逃避に新鮮な魚介類をどう料理するかに意識を向けた。

シーフードカレーにするか、シーフードパエリアにするかを悩むほうが大事だ。

食は生活の要なのだ。

特に今は暑さのピークも終え、季節もまた変わろうとしている時。

まさに食欲の秋と同じなのだから、大事でしかない！

さて逃げるか。と、キッチンへ足を向けた瞬間。

「スワ様」

しっかりと名前を呼ばれた為、逃げるのを諦め、嫌そうな顔をしながらフェスの方へ顔を向ける。兜《かぶと》を被っていると本当に表情が見えなくて分かりにくいなぁ、なんて思っていると、食後全員に話があると言われた。

それなりに大事な話なのだろう。そして同時に物凄く嫌な話なのだろうな。

料理は気分転換になる。料理をしている間は、目の前のことだけ考えていれば良いから。

ついつい集中し過ぎて、シーフードカレーにサラダやタンドリーチキンだけでなく、食後のデザートにと、ゼリーやクッキーまでも作ってしまった。

「それで？　話があるって？」

お菓子をつまみながらルークが尋ねる。

一時期は挙動不審だったルークだが、今まで通りで良いというフェスの言葉のおかげで、この三ヶ月の間にしっかりと元の態度に戻っていた。

ルークは研究で閉じこもることが多く、礼儀作法なんてロクに教わってないという理由から、緊張して大人しくなってしまっていたらしい。

そしてシロとクロは、食べ過ぎたと言わんばかりにソファでくつろいで話を聞いているが、しっかりと自分のお菓子は確保している辺り、流石としか言えない。

「えぇ、実は宰相《さいしょう》から手紙が届きました」

そう言ってフェスが皆に見せたのは、昼間届いた封書だ。

その封書を、フェスはルークに差し出した。読めということだろう。

ルークは眉間に皺を寄せ、一度こちらに視線を向けた後、覚悟を決めたかのように手紙を読み始めた。

フェスが話すより、実際手紙を読んだほうが内容は伝わりやすいのだろうが、いかんせん私はこちらの文字が読めない。

二人から説明があるだろうなと思いながら待っていると、しばらくして読み終えたルークは奇声を発した。

「はぁああ⁉」

ルークの声に驚き、確認の意味を込めてフェスに視線を向けると、フェスは溜息をついて顔を俯かせた。

「一度、王都へ戻らないといけないようです」

「俺は戻りたくねーぞ⁉」

そんなことを言いながら、二人の視線は私の方へ向く。

「……行ってらっしゃい？」

「いや、そうじゃない」

「残念ながらスワ様も……ですね」

手紙には、王都が魔物に襲われ、その際オトが役に立たなかっただけでなく、オトの周囲に居る全員が使い物にならなかったと書かれていた。

殿下《でんか》は馬鹿だけれど、王族ということでそれなりに魔術や剣の腕もあるらしいのに、だ。

「騎士団長の息子って、それなりに剣の腕があったよな？　公爵令息《こうしゃくれいそく》も」

「宰相《さいしょう》の息子や大神官の息子も魔術の腕はそれなりにあった覚えがありますよ？」

二人の言葉を聞いて、その五人が役に立たなかったということが、どれほどおかしいことなのか理解できた。

更に続く宰相《さいしょう》の手紙には、花婿候補たちの性格が徐々に変わっていっているように思えていたが、この事件で決定的になにかがおかしいと判断されたと書かれていた。

オトの鑑定は、馬鹿王子が邪魔して行われていないが、スワの鑑定をしてみたい。

そして異変の原因がなんなのか、異世界人視点で見てもらえないかと書いてあると。

「宰相《さいしょう》にはお世話になったようなものだし……なぁ」

断言はしにくいが、宰相《さいしょう》は宰相《さいしょう》なりに最大限、動いてくれていた気はする。

チラリとクロの方へ視線を向けると、いつものように愛らしく転がっていて、なんの変化も見られない。

しかし、王都で魔物が暴れているのであれば、それだけ王都には瘴気《しょうき》も溜まっているということにもなるのではないか。

知らない場所で溜まった瘴気《しょうき》は、一体どのようにクロを蝕《むしば》んでしまうのだろうか。

「スワ様！　行きましょう！　そして一緒に浄化しましょう！」

私に正義感なんてものは皆無で、考えるのはクロのことだけだが、確かにシロの言う通り浄化は必要だと思う。クロの為に。

「……とりあえず皆で行ってみましょうか？」

逃げられる問題でもない為、三者三様のため息が室内に響いた。


「なんで途中までなんですか～！」

『これが馬車なんだね～』

シロは不満げ、クロは喜々としている。

一羽と一匹のテンションが真逆になっているのには、理由がある。

王都へ行こうと決まってからは食材等、道中で必要になる物をルークの異次元ポケットならぬ、鞄に詰め込んだ。

そうこうしている間に、シロが、大きさが馬車の人が乗る箱部分だけあり、屋根の所には取っ手がしっかりと付いている謎の箱を持ってきた。

シロ曰くこれに乗れば、取っ手を足で掴み飛んで、王都まで運んでくれるとのこと。だが、そのまま王都になんていけば、周囲が混乱に陥いるのが目に見えている。

そういうわけで、少し離れた所で下ろしてもらい、乗合馬車を探して乗り込んだところなのだ。

「はいはい、静かに～」

私は小声でそう言うと、小さくなった一羽と一匹をポンチョのような服の中に押し込む。

誰かに一羽と一匹を見られたら大変だ。特にシロの声は誰でも聞こえてしまうのだから、静かにしてもらう必要がある。

といっても、同じ馬車に乗り合わせている人は居ない。

御者だけなので、そこまで気にする必要はないのだが、念の為だ。

御者の「こんな時に王都へ行きたがるなんてなぁ～」と呟いている声が聞こえるし、こちらの会話が筒抜けになっていてもおかしくはない。

王都へ近づくにつれ、倒れた木々や焼けた草木が見える。

街の城壁が目視できるような距離まで来ると、所々崩れているのが分かった。

「結構、接戦だったようですね」

「城壁の中まで侵入されてねぇだろうな」

二人の緊張感も、徐々に高まっているのが分かる。

そんな空気の中、御者が「辺境に現れた聖女様が来てくれればなぁ」なんて呟く声が聞こえた。

私は息を呑み、フェスとルークの視線は私に向いた。

……乗合馬車の御者にまでも噂が広まっているということ？

私、城に入れるのかな……なんて、別の緊張感も微かに漂う。


王都の中に入ると、特になにかを破壊されている様子もない。

賑わっているように見えたが、人々の間には不安と戸惑いが見て取れた。

周囲を観察しながら街を歩き王城に辿りつくと、案の定、門番たちによって止められた。

「出ていった奴が今更なんの用だよ！」

「辺境でとっとと、くたばっとけ！　偽物！」

「ぎゃははは！　物乞いにでも来たのかよ！」

罵声と笑い声が響く。

下品な門番だなぁ。

思った通りの反応に呆れを通り越して無になってしまう。

今の表情はきっと能面だろうな、私。

「宰相《さいしょう》からの手紙があるんですけど？」

そう言って封蝋が見えるように手紙を出すと、門番たちは舌打ちをして私達を中に入れた。そう、中に入れただけで案内はしてくれない。

「職務怠慢《たいまん》すぎねぇか」

「こちらです」

ルークが門番たちを睨《にら》みつけるも、彼らは鼻で笑っている。

そりゃそうだろう、王太子様が偽聖女とか言ってるんですもんねー、それに便乗してる雑魚ですもんねー。

いっそ投げ飛ばして入っても、同じだったのではないかな。

なんて思っていると、相変わらず全身鎧《よろい》に包まれたフェスが先導してくれ、その後ろを付いていく。

ポンチョの中、クロとシロを両手で抱き抱えて、嫌な気分を若干もふもふに癒されているが、正直もう帰りたい。

「このババァが！　一体なにをしにきた！　聖女はこのオトだ！」

もう少しで宰相《さいしょう》の執務室に辿り着くという時に、馬鹿王子がやって来た。

門番がいちいちコイツに報告でもしたのだろうか。

そしてやはりコイツの耳にまで、しっかり辺境の噂が届いていたのだなと思える言葉だ。

馬鹿王子の後ろには、召喚された時に見たオトちゃんと四人の男が並んでいる。

例の花婿候補だろうか、それなりに顔立ちと身なりが良さそうだが、頭の中身は大丈夫かと心配になる。

「怖くないよ、オト」

そう言ってオトちゃんに寄り添う、青い髪と目をしたチャラ男っぽい奴。

「どんな卑怯な手を使った！　偽物が！」

赤い髪と目をした体格のいい男が、剣に手をかけ叫ぶ。やる気か？

こちらを冷たく無言で睨《にら》みつける、紫の髪と目をした神官のような服を着た男。

それとは正反対にことの成り行きを静観している、メガネをかけた緑の髪と目をした文官のような男は、止める気がないのだろう。

フェスが前に出ようとしたが、ここへ来てからイライラしっぱなしの私は、シロとクロを服の胸元に突っ込み、自由になった手でフェスの剣を抜き、赤髪に突きつけた。

「スワ様⁉」

驚くフェスを無視し、さらに一歩踏み込んだ私に、赤髪も剣を抜き、私の剣を受ける。

私はそこへ更に、鍛えた体幹による蹴りを繰り出した。

「ちょ！」

ルークがなにか叫びかけたが、それも無視する。

相手の筋肉によりガードされた蹴りは諦め、少し屈んだ瞬間に、今度はアッパーをお見舞いする。

「卑怯者！」

「生きるか死ぬかで、そんなこと言ってられんの？　剣を使った踊りの勝負だったの？　それは知らないわ～」

「この‼」

あまりにバカバカしくて、つい本音を言ったら怒らせてしまったらしく、神官っぽい奴の魔力が動いたのが分かった。

それに対抗するように、私とルークも魔力を動かした瞬間。

「この無礼者ーーーー‼」

「シロ⁉」

胸元から光が溢れ、襟元から出てきたシロがどんどん大きくなる。

「聖獣⁉」

「聖獣がどうして⁉」

「本物をこの目で見られるなんて……」

オトちゃんの取り巻きや、この騒動を聞きつけ周囲に集まってきた人々も、シロの姿を見て聖獣だと驚いている。

というか、この姿だと聖獣だと分かるのだろうか。

小さくなっている時は、フェスにも分からなかったのに。

チラリと二人に視線を送ると、私の疑問に気がついたルークが、あの姿は聖獣として書物に残されていると教えてくれた。

「スワ様になんてことを！　この無礼者が！」

「いや、落ち着こうか」

怒り狂ったシロを、どうにかなだめようとしていると、後ろから宰相《さいしょう》の声が響いた。

「殿下《でんか》達を部屋へ軟禁しておけ！　聖獣様がお怒りだ‼」

その声を合図に、馬鹿王子を始め呆然としたオトちゃんと取り巻き達を、騎士達が連れていった。

聖獣の威嚇は、王太子の権力より強いのか、ただの白もふもふなのに。

そのことに驚きを隠せない私は、黙って宰相《さいしょう》の後ろを付いて行った。

「これでも大人しく我慢してたんですよ！」

さすが王城、聖獣サイズのシロでも、普通に宰相《さいしょう》の執務室に入れる。

でも怒り狂っている為に、周囲の物を壊さないか内心ハラハラする。

落ち着かせようとシロを撫で回していると、つい自分の幸せを優先したくなり、胸の羽毛に顔を埋め、スリスリと擦りつけてしまう。

うん、おひさまの匂いだ。幸せ……

「スワ様～！」

『苦しいよぉお！』

感極まったかのようなシロに抱き返されたら、胸元に入ったままのクロが叫んだ。

「それは……魔物……ですか？」

「魔王ですね」

「まっ!?」

クロを取り出すと、宰相《さいしょう》から問われたので、そのまま事実を伝える。

宰相《さいしょう》は驚きフェスの方へ視線を向けたが、フェスも頷くに留まった。

再度こちらに視線を戻したが、小さくなったシロやクロと仲良く戯れる私を見て、目を見開いている。

とりあえず話を始めるのならばと、シロとクロをソファに乗せ、お茶を入れようとルークの鞄を漁る。

社畜時代に培ったお茶くみの癖が抜けないのだ。

シロが緑茶と米を調達してくれたので、玄米茶が飲めるようになったのは幸い！

元の世界のものと比べると、簡易版にはなってしまうけれど、懐かしい日本の味だ！

ちゃんと、米も炒って準備してきた。

私がお茶の準備をしている間に、フェスが宰相《さいしょう》に今までの経緯を大まかに報告している。

宰相《さいしょう》の前にルークが座り、その隣にクロとシロがのんびり座っている中、騎士姿のフェスだけソファの後ろに立っている。

身分的におかしい気もするけれど、なにか色々と都合があるのだろうなと、あえて突っ込むことはしない。

「聖獣と魔王だけでなく……ハーブ？　料理での効果だと？　治癒魔法の報告は受けていたが……色々と規格外だとは」

宰相《さいしょう》にまで規格外と言われたが、それは私のせいじゃないと心の中で突っ込みを入れる。

宰相《さいしょう》に玄米茶とハーブクッキーを差し出すと、これが……と呟き、興味津々なのが表情にも出ていた。

「ちなみにそちらの現状は……どうやら色々あったようですが」

「そうだな……なにから話そうか……」

フェスにもお茶を渡し終えると、皆が喉を潤しながら、宰相《さいしょう》の話に耳を傾ける。

それなりに規則や礼儀を重んじていた、殿下《でんか》以外の花婿候補達が、オトの生意気な態度や我儘を許してしまっているらしい。

さらに彼らは自身の権力で、オトの為にやりたい放題となり、どんな理不尽もまかり通す上、政治にまで食い込んできた為、内政が混乱してしまっていると。

挙句、オト自身も魔法などの訓練をすることもなく、先日魔物の群れに襲われた時は役に立つどころか、花婿候補達に守られるようにしていただけだったとのことだ。

女子高生に対し、いきなり戦場に立てというのも無謀な話だと思いつつも、我儘とは……と考えて、ふと思い出した。

先ほど見たオトちゃんは、可愛いドレスに煌びやかな宝石をつけていたような気がする。

「そういう状況から、オト様には男性を誑《たぶら》かすような術が使えると考えてもおかしくはない。というわけで、残るまともな候補者は、ドレスラー子爵令息《ししゃくれいそく》のみとなった」

立場上、断る言葉を言えないのか、ルークがとてつもなく嫌そうな顔をして、表情で訴えている。

「というか、これ以上、花婿候補って必要なんですか？」

聖女をこの国に留まらせる為だけの存在だと言うが、聖女を娶ることができればそれなりの誉れにもなるだろう。

しかし、すでに四人もオトちゃん側に居るのに、今更ルークが戻ったところでなんの役目があるというのだ。

「ここまで来てしまえば不要なものだろう。しかし現状としては、監視という意味合いの方が強い」

なるほど、と呟き、フェスやルークと共に頷き合う。

そんな私達を見て、宰相《さいしょう》は言葉を続ける。

「聖獣様がこちらにいらっしゃる以上、オト様ではなくスワ様が聖女でしょう。殿下《でんか》の不敬……否、不興を買わない為に鑑定もできずに居ましたが、今ならば力ずくでもオト様の鑑定をしましょう。ちなみに、ドレスラー子爵令息《ししゃくれいそく》はスワ様の鑑定をできたのか？」

「できませんでしたね。規格外ですよ？」

「規格外なら仕方ないな」

悔しかったのかなんなのか、またも規格外という言葉を出すルークに対して、宰相《さいしょう》までも繰り返す。

解せぬ。私は一般市民だ。

「では、私も私のすべきことをいたします。シロ、クロ、スワ様のことを頼みましたよ？」

「当たり前でしょう！」

『は〜い！』

一羽と一匹の返事……というかシロの返事しか聞こえないけれど、その声を聞いて、フェスは宰《さい》相《しょう》の執務室を出て行った。

「王弟として裏から色々と手を回すのかな？」

「おや？　知っておいででしたか。それにしても、このお茶は美味しいですね」

「故郷のものです。もう一杯いかがですか？」

「いただく。そしてスワ様……色々と分かるまでは、今しばらく滞在していただくことになります」

お湯を沸かそうとした私に宰相《さいしょう》の言葉が届いた瞬間、思わず物凄く嫌な顔をしてしまう。

宰相《さいしょう》が、瞬間的に視線を外したのが分かった。

以前の生活も、不自由な上に窮屈極まりないどころか、嫌がらせ三昧で不愉快な思いしかしていないのだ。滞在なんて、したくないに決まっている。

「今は……聖獣様の存在もありますし、多分……その……」

「あぁ……」

あえて言葉を濁した、宰相《さいしょう》の言いたいことを理解して、更に顔を歪める。

そんな私の心境を察したのか、ルークが宰相《さいしょう》に提案してくれた。

「俺……私がスワ様のお側に居てはいけませんか……？」

「役立たずの上に、問題しか起こさない殿下《でんか》達を放置しろというのか……？」

肩を落とし死んだ魚のような目をした宰相《さいしょう》が答えると、ルークの表情までもが、全てを諦めたような無表情となる。

つまり宰相《さいしょう》は、ルークにオトちゃんだけでなく、馬鹿王子達も問題を起こさないよう監視しろと言っているわけだ。

フェスだけでなく、ルークまでもが側にいないという状態で過ごすという不安しかない未来に、私の表情も暗くなる。

「俺……そんなとこで見張りすんの……？」

「また居心地の悪い空間での生活……」

「あのクソガキ問題児どもっ」

ルークはオトちゃんと馬鹿王子達の監視役、私は王城での滞在、宰相《さいしょう》は問題児の尻拭い。

三者三様、頭を抱え、闇に飲まれたように項垂れた。

「あーーー!!　……これ良いわ。スワの気持ちがよく分かったわ。天国だわ」

『ルーク、大変だね〜』

翌日、深夜という有り得ない時間帯に、ルークが私の部屋を訪ねてきた。

オトちゃんが寝たから抜けだしてきたのだろうと予測できるあたり、なにがあったのか聞くまでもない。

そんなルークに少し憐れみの気持ちを持っていると、落ち着けるようなハーブティーが欲しいとルークが言ってきたので、狼サイズになったクロを背もたれにしてみるよう勧める。

ルークは渋々クロの元へ行き試すと、そのもふもふ感に感激し堪能し始めた。

クロもクロでルークが大変なのを理解している為か、尻尾でルークを撫でるようにして元気づけている。

「まぁ……なんとも言えないよね、ほんと」

自分の分もハーブティーを淹れて、ルークの元へカップを持って行く。

昨日あれから丸一日以上、王城での居心地の悪さを、私も十分に感じていた。

今まで私を散々馬鹿にしていたのに、手のひらを返したかのようにお世話をしようとするメイド達。

城内ですれ違う人達には、触れるな危険と言わんばかりに目を逸らされ、過度に道を譲られるのはあまりに不快だ。

あわよくばゴマすりでもしたいのか、馴れ馴れしく声をかけてくる奴まで居る始末。

スルーしてもしつこい場合は、勿論ストレス発散を兼ねて投げ飛ばさせていただいている。

シロに寄り添い、お茶を飲んで一息ついたところに、扉をノックする音が響いた。

「スワ様、起きていらっしゃいますか？」

フェスの遠慮がちな声がしたので扉を開けると、なにやら煌びやかな人物が立っていた。

「え、フェス？」

「そうですよ？　今大丈夫ですか？」

思わず驚いて尋ねてしまった。

騎士姿くらいしか見たことがなかったので、装飾品が多い王族のような出で立ちは初めて見る。

洗練されきった出で立ちは、今までの慣れ親しんだフェスとはどこか違うように感じたが、高校生が社会人となったような感覚なのだと頭を切り替える。

制服からスーツへのイメージチェンジと同じだと自分を納得させたが、フェスの場合はそれ以上の破壊力がある気がする。

だって、元がイケメンだからね！

心臓への破壊力を考えて欲しい。

「お茶でもどう？　今ルークも来てるよ」

平常心を保ちつつ、扉を大きく開け中に促す。

「ルークが？」

私の言葉にフェスの表情が一瞬険しくなり、躊躇したように見えたが、すぐに一歩踏み出し部屋の中に入ってきた。

ソファを勧めお茶を差し出すと、そこまで長居するつもりは……と言うけれど、ハーブティーの香りと魅力には抗えなかったらしい。

口を付けて一息つくと、フェスはすぐに本題へと入った。

「明日、オト様の鑑定が行われます」

「鑑定は……親父か」

「そうですね。一応スワ様の鑑定も魔術師団長が行うということです」

「分かった」

とうとう明日か、と少し緊張の気持ちが混じる中、ルークは私の鑑定ができなかったからか、複雑そうな顔をしている。

そもそも、この世界の平均レベルをまだ聞いてなかったなと思い出し、明日に嫌な予感を抱く。

「というわけで。帰りますよ、ルーク」

「ひっ⁉」

ハーブティーを飲み終え、笑顔だが威圧感のあるフェスの美しい顔立ちを前に小さな悲鳴を上げたルークは、そのまま首根っこを掴まれ強制退室となった。

「俺の癒しがぁあああ～」という叫び声を残して。


鑑定当日。

どうやら馬鹿王子以下、ハーレム要員は全員部屋に軟禁中らしい。

謁見《えっけん》の間で、何故か怯えた様子のオトちゃんと、それなりに緊張している私の二人は、国王が座る玉座に向かって立っている。

玉座の前だよ！　真ん前！

一般市民は、まず経験することのない位置に居るんだよ！

緊張以外ない……けど、思わず珍しげに周囲を眺めてしまう。

隣に居るのは王妃だろうか。

フェスは国王の斜め後ろに立っている。

壁際に沿って国の重鎮《じゅうちん》だろう人々が並び、固唾《かたず》を飲みながらこちらを見ている。

「こうなってしまっては、周囲にも見て判断してもらわねばならん。では魔術師団長、頼む」

「はっ！」

そう言葉を発しながら、召喚時に居た魔術師団長が横からこちらに歩みを進める。

ん？　周囲にも見てもらう？

疑問が頭を飛び交う中、魔術師団長が私たち二人の前まで来た。

「それでは失礼いたします」

魔術師団長は、オトちゃんの方を向き一礼すると、真っ直ぐオトちゃんを見つめる。

「鑑定、開示」

そう言うと、ウィンドウのような物が私の目にも映る。

これは……オトちゃんの鑑定情報が周囲にも丸見えということか!?

そもそも、鑑定というのは嫌がられるものだと、ルークが言っていたのに……異世界人だから知らないとでも思っているのか。

確かに私は知らなかったけれど、あまりに失礼な扱いではないだろうか。

その不愉快さに、私はつい国王を睨《にら》みつけてしまったが、フェスが首を振るのを視界の隅にとらえ、悔しさに歯を食いしばった。

ことが大きくなってしまい、色んな事情が絡み合っているのだろう。

フェスが止めるならと、私も怒りの感情をなんとか抑え、オトちゃんのステータス画面に視線を戻した。

名前：三宅《みやけ》　音（オト）
レベル：34
HP：2500/2500
MP：10500/10500
職業：魔術師

スキル：魅了・被服・制作
魔法：火魔法・風魔法・水魔法・地魔法

「魔術師……？」

「聖女ではないのか⁉」

「レベルは多少高いが……」

周囲のザワめきが聞こえる。

オトちゃんは俯いて震えている。

その心境は一体どういったものだろう……

というか、34でレベルが多少高いの？

「魅了だと⁉」

謁見《えっけん》の間に魔術師団長の声が響き、皆が一斉にオトちゃんのステータス画面へと視線を戻す。

「封じの腕輪を付け拘束せよ！」

国王までそんな命令を出した。

一体、魅了とはなんなんだ？　と思うが、その名前からなんとなく想像はつく。

性格が変わったかのようだという、オトちゃんに付き従った花婿候補たち。

おそらく……精神に影響をきたす、名前通りのスキルなのだろう。

でなければ、封じだとか拘束といった言葉が飛び交う理由がない。

「え？　なんで⁉」

当然のようにうろたえるオトちゃんに構うことなく、騎士達はオトちゃんを後ろ手で拘束し、腕輪をつけた。

一変した周囲の態度に、女子高生のオトちゃんは涙を流している。

そんな状況を目の前にして、私は不信感ばかりが募っていくけれど、そのスキルが危険なのであれば、無知な私は口を挟むべきではない。

ただ、非常に不愉快だ。

勝手に召喚して、勝手に勘違いして、なにも知らない女子高生相手に、勝手な事情で手のひらを返す国王達が。

「では、スワ様。失礼します」

この状況を頭では理解できるけれど、納得はできない。

八つ当たりのように、私は目の前に立つ魔術師団長に鋭い視線を向けて、覚悟を決めた。

「鑑定、開示……あれ？」

魔術師団長がそう唱えるも、私のステータス画面が現れることはない。

周囲がざわつく中、魔術師団長はもう一度唱える。

「鑑定、開示……スワ様？　弾かれる感覚があるのですが、なにかしていらっしゃいますか？」

「いえ、なにも」

平然とした顔で言い放ったが、内心ではやっぱり、という気持ちだ。

そりゃそうだろう。

34で少し高いというならば、魔術師団長あたりでさえ、その位なのだろう。

だったら53の私なんてどうなる。

驚きに満ちた顔をする国王や魔術師団長だが、すぐにどこか納得したような顔になり、口を開こうとした所で、扉を開く大きな音が響いた。

「オト!! 大丈夫か!!」

「エリアス!?」

部屋で軟禁されている筈の王太子野郎が、いきなり乗り込んできた。

何故ここに？ と思いながら、咄嗟《とっさ》に息子の名前を叫んだ国王をジト目で見ると、視界の隅でフェスがため息をついているのが見えた。

ですよね。呆れますよね。私も同じ気持ちです。

なにをやっているんだ、見張りは。

「オトを離せ！」

周囲が呆れかえっていても全く意に介さず、ズカズカと玉座の前に居る私達の方まで来て、オトちゃんを押さえつけている騎士達に大声で叫んだ。

「殿下《でんか》。オト様は聖女ではありません。更にはスキルに魅了がございました」

「そんなわけあるか!! おまえ！ オトになにをした！」

魔術師団長の言葉に、馬鹿王子は私を睨《にら》みつけ怒鳴る。

視界のすみで慌てる国王が見えたが、ただそれだけで、止めようとはしない。

息子の教育はどうなっているのだ、本当に。

無能な国王にイライラしていると、またしても胸元が光り、いきなり聖獣サイズになったシロが現れ、馬鹿王子にすごんだ。

「一度ならず二度までも、スワ様に……！」

「エリアス！　下がれ！」

怒りに震えるシロを見て流石にまずいと思ったのか、国王が馬鹿王子に注意するが、今更すぎて失望する。

国のトップに立つ人間が、タイミングを間違えるなんて、なんとも情けない。

「だってそうでしょう！　書物によれば、聖女は美しく若いと書かれている！　こんなババァが聖女なわけがない！　お前は間違えて召喚されたに決まっている！　もしくはなんかしらの方法で自ら召喚されたか、間者だ！」

あまりの暴言に、怒りを通り越して呆れてしまう。

もう、私は幼稚園児と話していますか？　という心境になる。

シロの方へ視線を向けると、シロも同じだったようで、呆れたように目を細めていた。

「人間はそんなくだらない嘘偽りを書物に残していると？　そもそも聖女が二人召喚されたと？」

「嘘偽りだと!?」

シロの言葉に、国王が反応する。

残された書物に嘘偽りが書かれているなら、国として大変なことだろう。

私的に他人事だし、無能王ザマァとしか思えないけど。

「特に年齢や容姿についての記載はありませんでした。美しく若いと書かれていることが多いだけです」

宰相《さいしょう》が横から訂正を入れ、準備していたのか書物を開いた。

ナイス宰相《さいしょう》！　流石！　グッジョブ！

宰相《さいしょう》が開いた書物には、魔法陣のような物も描かれている。

それを見てシロは再度、馬鹿王子を睨《にら》みつけた。

「どうせ、お主が望んだビッチが聖女と共に召喚されただけでしょう。この魔法陣は望んだ者を呼び寄せるもの。聖女を望む気持ち以外が混じった結果だろう」

シロの言葉に、私を含め周囲も驚愕《きょうがく》する。

というか……

「シロ……ビッチって……」

「以前の聖女様に教えていただいた言葉です！」

シロに、なんてことを教えているんだと、私は別の意味で頭を抱えた。

この愛らしい生物に、なんてことを！

「それはまことですか？　では、この魔法陣は正式な聖女召喚のものではないと⁉」

「ちなみにビッチとは？」

魔術師団長が事実を確認しようとシロに詰め寄っている間に、宰相《さいしょう》が私的に答えたくないところを突っ込んでくる。

え、それを説明するとか……キャラじゃないけど、泣いていいですか。

「痛いぃ～！」

「な……なにを馬鹿なことを!!」

押さえつけられ泣いているオトちゃんと、怒り狂いつつも狼狽える馬鹿王子。

なにもかもがカオスとなっている現場だ。

「少なくとも、それは望んだ者を呼び寄せる魔法陣で、聖女を望めば聖女を、勇者を望めば勇者を呼び出すことも可能！　ちなみにビッチとは、娼婦のような者のことです！」

「シロー!!」

どう収拾つけようかな、なんて思っていた矢先に、シロがしっかりと答えてしまった。

小さいサイズであれば口を塞ぐことも可能だが、今は聖獣となった大きいサイズ。

飛びついたところで私が羽毛に埋もれる天国があるだけだ。

「このっ！　お前もどうせ偽りの聖獣だろう！」

「聖獣に不敬を働く者を黙らせろ！　拘束せよ！」

「フェリックス!?」

シロを罵り始めた馬鹿王子に対し、国王ではなくフェスが命令を下した。

騎士達はすかさず動き、馬鹿王子は捕らえられ、猿轡《さるぐつわ》を噛まされた。

なんとも手際が良い。

驚き慌て、フェスの名前を叫ぶしかできない国王には、なんとも言えない気持ちになる。

本当に国のトップですか、貴方になにができるんですかと、小一時間ほど問いたくなるほどに。

シロは、まるでゴミを見るかのような目で、馬鹿王子を見て言った。

「だってそのビッチ、妊娠してるじゃない。色んなオスの匂いもプンプンするわ」

「なっ⁉」

「えっ⁉」

「⁉」

国王含め、周囲に居た貴族や騎士達、全員の視線がオトちゃんに向かう中、オトちゃん自身も爆弾発言を落とした。

「えっ⁉　なんで⁉　皆ちゃんと避妊してたのに⁉」

思わず頭を抱えたくなった。

現代日本とは全く違う異世界で、その避妊とは一体どんなものなのか……そもそも向こうでも、確実な避妊と言えるものがあるのかと……

そして、周囲の驚愕《きょうがく》の表情……価値観も倫理観も違う世界で、純潔というものは、どう定義付けられているのか……

うん、それ私にも関係ありそうだな。

だって純潔じゃないし。でも複数人と同時進行はしないよ⁉

貞操観念の問題的にもどうなの!?　と、思わず別の方向へ思考が走りそうになったが……それよりも優先しなきゃいけないことがあるだろう！

気が付けお前ら！　と思いながら口を開く。

「その手を離しなさい」

怒りにより出てきた、低く冷たい声で、オトちゃんを押さえつけている騎士に言う。

「妊娠している方を、そのように扱うものではないでしょう。腕輪をつけたなら大丈夫なのでは？」

「は……はい！」

オトちゃんを押さえつけていた騎士は慌てて手を離し、彼女から距離を取る。

私はオトちゃんに近寄り手を差し伸べゆっくり立ち上がらせたが、オトちゃんは足に力が入らないのかフラフラしている。

「な……なんで……」

しっかり抱きとめるように寄りかからせていると、オトちゃんの呟くような声が聞こえた。

「私が一体なにをしたって言うの……」

そう言ったオトちゃんの瞳からは、涙が溢れ出た。

その涙を見て考える。

なにもしてないのかもしれないが、なにもしていないということが問題なんじゃないだろうか。

無知は罪という言葉があるように、知ることすらせず、流されるがままになっていた。

まだ親の庇護《ひご》下にあるはず女子高生に、いきなり自分の足で立て！　というのも、それはそれで無理があるのかもしれないが……

「ちょっと、オトちゃんと話したいんだけど」

「分かりました」

いきなり別世界に来た者同士、少し会話が必要かと思い提案すると、宰相《さいしょう》からは即座に承諾の声が聞こえるも、馬鹿王子が暴れ出す。

「オトになにをする気だ!!」

「王太子殿下《でんか》は貴族牢へ監禁。スワ様とオト様はサロンへご案内してください」

「宰相《さいしょう》!?」

宰相《さいしょう》がテキパキと周囲に指示を出していくのを、国王が驚いて止めようとするが、シロが威嚇するかのように睨《にら》みつけると黙り込んだ。

この世界では、聖獣が国王よりも上に位置しているということか。

ナイスシロ！　よくぞ無能王を黙らせてくれた！

「スワ様、こちらです」

オトちゃんはなんとか自分の足で立てるようになったみたいで、私が手を離すと同時にフェスが声をかけてきた。

どうやら案内してくれるそうだけれど……今は王弟としてここに居るんですよね？　なんて思っていたら、ルークまでも側に来た。

ルークもある意味で見張りだろうな……

二人が居ることを少し心強く思い、黙ってフェスの後ろを三人で付いていきサロンに向かう。

「玄米だけのお茶だから、カフェインは入ってないよ」

「あ……ありがとう……」

なんか物凄く煌びやかで、眩しいとさえ思えるサロンに通された私は、まずお茶を淹れた。と言っても、緑茶にはカフェインが含まれているので、玄米だけの香ばしいお茶だ。

丸テーブルを四人で囲んで座っていて、私にとっては気心が知れた二人だが、オトちゃん的にはどうだろうと少し心配になる。

シロは元のサイズに戻り、やっと出てくることができたクロと一緒に、ふかふかなソファの上でくつろいでいる。

まずは自己紹介と思うが、私はフェスやルークに本名を名乗っていない。

あの時は名乗る気にすらならなかったけれど……フェスやルークは、もう家族のようなもので信用できるし、オトちゃんに至っては元居た世界の仲間だ。

魔法がある世界だけど、本名を名乗ったら呪われそうとかもなさそうだし、今更隠し続ける意味も、名乗らない意味もないなと思い、一息ついてから話し始める。

「会うのは召喚の時以来なんだけど、こうやって話すのは初めてかな？　私は早崎由希子、今はスワって名乗っているけどね。二十八歳で社会人してたわ」

私が名乗った時、案の定二人は不思議そうな顔をしていたけれど気にしない。

「あ……あの……その……」

オトちゃんも自己紹介をしてくれるのかと思ったけれど、顔を赤らめて焦っている。

オトちゃんが落ち着くまで、ゆっくり待っていると、なんとか覚悟を決めたのか、深呼吸をした後に口を開いた。

「十六歳で、女子高生してました……三宅……音って書いてメロディって読みます……ので、オトと名乗ってます……」

予想外のキラキラネームに、思わずお茶を吹き出しそうになった私は、必死に耐えた。

しかし、オトちゃんの自己紹介や私の耐えている状況に、フェスとルークが更に頭の上に疑問符を浮かべているのが表情で分かり、耐えきれなくなった。

「げほげほげほっっっ」

「あぁぁあ……」

結局むせた私に、オトちゃんは恥ずかしさに顔を赤らめ唸っている。

フェスとルークの二人は、私達の状況に怪訝な表情をしながらも、ことの成り行きを見守るつもりなのか口を挟む様子もないので、ある意味で助かる。

「それで……魅了の事だけど」

回りくどく言っても仕方ないと考え、単刀直入にその話題を切り出すと、オトちゃんは少し怒ったように返してきた。

「私、そんなの分かりません！　なにもしてないし！」

「じゃあ、召喚されてからどうしてたの？」

「どうもしてないですよ？」

オトちゃんの言葉に単純な疑問を返すと、キョトンとした顔でオトちゃんはそう言った。

どうもしてない？　どういう意味だ？　と思い、色んな疑問を投げかける。

「いや、聖女だって言われてたよね？」

「そんなの勝手に言われてもね」

「男の人が側に沢山いたでしょう？」

「はい！　イケメンばかりで優しかったですね！」

話していて、色々と頭が痛くなってきた。

どうも刹那《せつな》的に生きている気がするというか、本当になにも考えてないように思える。

「えっと……メロディちゃん？」

「その呼び方はやめてください！　キラキラネームすぎて嫌いなんです！」

自己紹介に時間がかかったのは、やはりキラキラネームのせいか。

オトちゃんは、顔を赤らめて慌てふためく。

余程メロディと呼ばれるのが嫌なんだな。

メロディ……愛称もつけにくい。

というか、つけるなら確かにオトという愛称のほうが良い。

「ごめんね、オトちゃん。お互いこっちの世界に来てからのことを話さない？」

「……」

拗ねた感じで黙って俯くオトちゃんに、ちょっと幼さを感じながら、どうしようかと迷っていると、ふとある共通であろう事項を思い出した。

「女子会みたいな感じでさ！　そういえばこの国の料理どう？」

「不味くて無理！　もう苦痛！」

やはり食いついてきたか。

オトちゃんの言葉に頷く外野若干二人。

私と同じようなことを言っていた上に、最近は私の料理を食べているからか、もう以前のような食事はできないということを二人は言っていた。

オトちゃんはこちらの世界にきてからずっと、あの食事という苦行に耐えてるんだよね……

「私が日本の料理に似せて作ったのがあるんだけど、食べながら話さない？」

思いっきり同情しながらそう言って、準備していたサンドイッチやクッキーをルークに鞄から取り出してもらうと、オトちゃんは目を輝かせて頷いた。

お腹がすいていたら、イライラもするしね。

オトちゃんがサンドイッチを嬉しそうに頬張ってる間に、少し多めに玄米茶の用意もする。

本当、あの苦行をよくここまで耐え忍んだよな……そこだけは、かわいそうで仕方ない。

ちなみに、食べたそうにしていたフェスやルーク、シロやクロの分もちゃんとある。

玄米茶を用意し終え、皆で食べながら会話を再開する。

「召喚されてから、オトちゃんは何処へ連れていかれたの？」

「なんか綺麗な部屋で、綺麗な男の人達に囲まれてましたね。ドレスや宝石が沢山ありました！凄いですよね」

満足そうに食べている隙をついて質問を繰り出すと、すんなりと答えてくれる。

うん、ごめん。

私はドレスも宝石もなかったけれど、その分、自由なスローライフを送っていたよと振り返りつつ、オトちゃんの話に相槌を打ちながら聞いた。

「聖女って言ってたのに、イキナリ手の平返すなんて！」

「綺麗なドレスに宝石に！　めちゃ可愛くないですか⁉」

「こっちの世界に来てからモテてるんですよ～！」

「皆色々くれるんですよ～。本当、食事だけが苦痛で」

オトちゃんが表情をコロコロ変えて並べる言葉を聞きながら、十六歳って、こういう感じだったかなと考える。

まぁ、十年以上前のことなんて、もう忘れてるんだけどね。

なんて、自分の年齢に寂しさを感じる……若いって良いなぁ……

つまりオトちゃんは、聖女だと言われ、イケメンに囲まれチヤホヤされ、それに一切疑問を感じることはなかった。

それを当たり前のように受け止め、ドレスや宝石というお姫様的な扱いが楽しくて遊んでいたと。

うん。よくそれを受け入れられたな⁉

若さか⁉　若さ故なのか⁉

それともオトちゃんは、ある意味自己肯定感が突き抜けているのか。

私なら褒められ讃えられると、疑ってかかってしまいそうなのに。

見知らぬ世界で全肯定されたとしても、疑心暗鬼にしかならない。

私のなにを知っているんだと言いたくなる。

そして、オトちゃんの魅了スキルはどこにいった？

最初からチヤホヤされているじゃないか。

チラリとフェスやルークを盗み見ると、二人ともしっかり話を聞いているのが分かる。

最初からもてはやされ、それを疑問なく受け止め、受け入れ、それで魅了？　の魔法をわざわざかける必要があるのか？

「そういえばね、この世界って魔法があるじゃない？」

「あるみたいですね！」

少し話題を近づけようと、魔法に関して口を開くと、目を輝かせながら返してきた。

向こうの世界にないものであるし、年頃なら気にはなるものだろう。

それを使わない手はない。

「どうやら、火・風・水・地と四属性全て使える人なんて普通いないらしいよ？　規格外らしいよ！　オトちゃん、そうだったよね？」

「そうなんですか!?　やったー！」

ルークが、つい吹きそうになっていたが、なんとかとどまったようだ。

そのままお茶を吹けば良かったのに、と心の中で舌打ちする。

オトちゃんはなにも疑問に思わず、ただ喜んでいる。

これは、言われたことをそのまま受け止めるタイプだな。

「魔法の練習とかしなかったの？　スキルにも被服や制作ってあったよね？」

「いつも皆と遊んでいただけでなにも？　あ！　私、ハンドメイドが好きで、アクセとか服のリメイクとかやっていました！」

その遊んでいたというのは、どういう意味で……いや、これは今気にすることじゃない。

スキル自体が、これまで生きてきた中での経験で得たものなのだとしたら、魅了も……

「じゃあ今、皆が居なくて寂しいね？」

「それ！　周りがいきなり冷たくなるし！　意味わかんない！　皆がいないと無理！」

オトちゃんの言葉から、依存、そして承認欲求というものが垣間見える。

その辺りから、魅了というスキルがきているのではないかと見当をつけた。

この世界に来て、性格的なもの、得意分野とされるものにスキルと名がついたことにより、どうなるのか……

それこそ私の料理のように、食べると回復が早い等の効果が付与されると考えれば……

「無意識に効果が付与されている……？」

思わず呟いた言葉に、フェスとルークが目を見開いて、私を見た。

「これは、私の推測なんだけど」

確定ではないと前置きしてから、話し始める。

私の料理スキルに付与された効果について聞いている間、オトちゃんは目を輝かせていたが、魅了の話になると喚きだした。

「私、知らない！」

いきなり騎士に拘束されればトラウマにもなるだろうが、ここはしっかり聞いてもらわないといけない。

「勝手に付与されるものだとしたら知らなくて当たり前だけれど、精神に悪影響が出ているなら、解除しなきゃいけないわけで……」

「そんなの周りが勝手になっただけじゃない！　解除なんて分からない！　私のせいじゃない！」

子どもがダダをこねるように、もうなにも聞きたくないと言わんばかりに、オトちゃんは自分の耳を塞いで首を振る。

肯定されることだけは受け入れ、注意や少しの否定が入るようなものは完全に拒絶する。

そんな生活を、向こうでは送ってきたのだろうか。

「落ち着いて、お腹の子に悪いから。少し休もうか」

「好きで妊娠したわけじゃない！」

「アンタが受け入れたからでしょう!!」

流石に、子どもに対する責任もないのかと思い、思わず切れてしまった。

妊娠して産む覚悟も中途半端な中、行為に及んだのかと。

私の怒鳴り声に、シロとクロが思わず飛び起きたが、私は構わず続ける。

「ルーク！」

「はい！」

名前を呼んだら思わずと言った感じで返事をし、直立不動で立ち上がったルークに、更に言葉を続ける。

「この世界での医療はどの程度⁉　妊娠出産での死亡率は⁉　感染症の発生率は⁉　避妊効果は⁉」

「はぁ⁉　そっちの世界の医療を知らないんですけど⁉　つか出産は命懸けだろ？　男が戦場で死ぬより多いって言われてるからな。感染症？　成人まで生き残る子どもは半分くらいだな……避妊？」

「妊娠しないようにする手段は⁉」

「ねぇだろ⁉　そもそも二歳までに死ぬ確率が高いから、たくさん産めって方針だし！　だから結婚には慎重になるんだろ⁉　政略的な意味や恋愛的な意味でも！」

ルークと私の話を聞きながら、どんどん顔が青ざめていくオトちゃん。

「え……なんで？　男は避妊するものでしょ……命懸けって……なによ、それ」

「それは元の世界での話よね？　いや、元の世界でも、男に全部任せるものではないよね⁉　男が絶対避妊するってことはないよね⁉　自分のことは自分で守らなきゃいけないでしょう⁉」

「なに、それ……」と呟きながらオトちゃんは涙を流す。

無知の知。

ここは元の世界とは違う世界で、なにもかも違うのだと。だから、自分はなにも知らないのだということを、オトちゃんは知らなければいけなかった。

これは、ある意味で自業自得としか言えない。

妊娠の前に、感染症の可能性だって多々あるが、それすら考えていなかっただろう。

甘えてばかりではいけないということを、身にしみて理解してもらわないといけない。

オトちゃんも、この世界で生きていくことになるのだから。

「だから治癒魔法がとても希少で、聖女の地位が高いんですけどね」

「医療を発展させましょう」

ポツリと呟いたフェスの言葉にも、私は釘を刺す。

他力本願、ダメ絶対。

そして、オトちゃんが堰を切ったように泣き出した為、自室に戻し、ゆっくり休めるように願い出る。

けれど王城の人々は私に擦り寄ってくる上、オトちゃんを見放すような態度で、誰もオトちゃんを送ろうとしない。

しかし、そこはフェスの一声で、オトちゃんを部屋に送り、世話をするようにしてもらえた。

流石、王弟。みなさん王族には逆らえませんものね。

「あんな子どもが聖女様と言われていたなんて、ゾッとするわ」

考えを巡らせている私のところへ、シロがやってきて肩に止まり、心底嫌そうに言った。

クロもやってきて、膝の上にのぼってくる。

頭は働かせたままでも、もふもふ天国に表情が緩む。

「私の料理ってさ、食べてから時間がたつと、効果は消えたよね？」

今までの実験を元に考えると、料理スキルといっても、食べた人のＨＰの減りがいつもより遅いとか、疲労が少し回復するとか、攻撃力が上がったとか、スピードが上がったとかだ。

「確かに。スワの料理を食べ続けていないと、少しずつ効果が抜けているのか、いつも通りのスピードで減る体力に、若干気だるさがあるくらいだしな。てか、今現在すでに疲れんのが早い」

ルークも頷きながら答えた。

私の料理を食べているのといないのでは、疲れる度合いが違うようだ。

今は私の料理を食べていないので、その顔に若干のやつれが見える。

「毎日食べていると、効果が続いている感じはありましたよね。最近はそれが当たり前の感覚だったので、抜けていっている今は、違和感を感じます」

フェスも頷く。

最初は違和感から始まり、気が付いたことを思い出す。

日々食べて確信を得た、料理による付与効果。

ふむ。やはりな、と二人の答えを聞いて納得する。

じゃあ、スキル持続効果の検証じゃないけれど……

「それなら、魅了もある程度離れていれば、効果は切れる……？」

その言葉に二人はハッとした顔をするが、その後に眉間に皺を寄せた。

なにか気になる点があるのだろうか。

「毎日ずっと一緒に居たようなので、切れるには時間がかかりそうですね」

「魔法を封じる腕輪を付けてるから、今はもう離れているようなものだろうけど……どれだけの影響があるかだな」

今まで毎日のように私の料理を食べていた二人は、付与された状態が当たり前となっていて、食べなくなれば当然のようにあったものがなくなる。

そりゃ違和感も出るだろう。

ならば、魅了も似たようなことになる可能性がある。

付与され続けた時間に比例して……そのうえ精神に影響を与えるスキル……予想がつきにくい所ではあるが……

「精神に影響する……というより、脳内物質に影響を及ぼす薬だと考えると……効果が出ている人間側も拘束が必要な場合もあるかも……？」

「危険性としては依存、発狂、廃人といったところですか。あまり文献にも残っていないスキルですからね」

「考えるだけでも恐ろしいな。まぁ、魅了自体が稀なスキルだからな」

とりあえずは、フェスが宰相《さいしょう》と共に動いていくという話となり、ついでに薬など医療のことも聞かれたが、それについてはシロが答えた。

「医療に関しては、歴代聖女様の残した知識があったりしますよ」

「おぉっ！　シロ流石！」

召喚された歴代聖女の中に、医者や看護師は居ませんかーと思っていたが、多少なりとも知識は残っているようだ。

まぁ、若く美しいという記述が多くあったのなら、十代の子が多そうだけれど。専門学生や……いや、もう高校からそういう専門的なところに行っている子とか……ね。

「でしたら、その知識を医務局へ広げることもしないといけませんね」

「感染症が防げたら、生きられる子どもも増えるぞ」

残された知識があるならば、治癒魔法なんかより遥かに現実的だ。

こちらも、フェスが王族として動いていくだろう。

「加湿器とか空気清浄機とかあればなー」

「ちょっとそれ、詳しく！」

どうやら私は、またしてもルークの好奇心を煽ったようで、ルークが満足するまで機械の説明をさせられたのだった。

「それは一体⁉」

「これが……異世界の味！」

現在、料理大革命とばかりに、王城のキッチンで料理を振る舞っている。

あれから、オトちゃんもなにか考えるかなと思っていたが、相変わらずドレスだの宝石だのを見て回りたい等と言っていると聞いた。

周囲がそれを聞き入れないため、この世界の医療体制やお腹の子どものことを考えては、情緒不安定に陥ったりもしているらしい。

その上、つわりも始まってきたようで、ただでさえ食べないのに、今や全く食事を口にしなくなったことも聞いている。

これはいけない！　という建前のもと、本音は自分の美味しい食事の確保という気持ちでキッチンに押し入り、作り始めたのだ。

この世界の料理は、本当に合わないし食べたくない。

料理人たちには悪いけれど……自分で作らせて！

「すでに辺境の村では食べている料理ですけどね」

「なんなら、他国ではもう食べているのよ？」

「なんですと⁉」

フェスとシロの言葉に、料理長らしき人は驚いている。

味や匂いが濃すぎると思われないよう、今作っているのはハーブや胡椒《こしょう》を味付けのメインとした料理。

まぁ、辺境の村で、がっつり売って稼がせていただいた材料とレシピですよ。

というか、それだけでも料理の味は、だいぶ違う。

元々の料理は、本当に味がなさすぎて不味い。

そして此処は王城。お金が一番ある場所だ。材料費なんて全く考えなくて良い場所！

「これは初めて見ますね？」

「ふっふっふ。お酒のお供！　大人も子どもも大好き！　唐揚げです！」

油も大量に使うし、王城なら油の後片付けを考えなくても良い。

そして今回は、ニンニク醤油《じょうゆ》で作ってみたのだ！

つわりの時に食べられるものなんて、人それぞれだ。

色んな料理を作って、なにが食べられるのかオトちゃんに聞いてみるしかない。

でないと、医療云々の前に倒れてしまう。

更には、プリンやパウンドケーキといったお菓子も作ってみる。

この国でのお菓子は、砂糖の固まりなだけで……まぁ勿論、高価なのだろうけど……

お菓子だけは、とんでもなく甘い味が付いている。

思わず嫌がらせか！　と叫びたくなったほどだ。

私が作る所を見てメモを取る料理人たちは、味見をすると更にメモを書き加えていく。

私にも、そんな新社会人のような時代があったなぁと懐かしく思いつつ眺めていると、ドタバタと慌てて走るような足音がこちらに近づいてきた。

王城で走る音なんて聞いたことがないと思っていたが、周囲の人達も何事かとお互いの顔を見合わせている。

皆が動かしていた手を止めると、扉の方に目を向けた。

扉が大きく音を立て開いた瞬間、走ってきた人は開口一番こう叫んだ。

「スワ様！　助けてください！」

「嫌です」

即座に切り返した私に、伝えた人も周囲の人も呆気に取られた顔をしている。

これまでの私への仕打ちを、忘れたのかと言ってやりたい。

だから、正式な謝罪もなく、なぁなぁで済ます気はありません！　許しません！

勝手に誘拐して、虐めてきたんだからね！

私が言いたいことも言えない、気弱な人間だったらどうなっていたと思うんだ！

今だって親切で教えているわけではなく、私の食事タイムを楽しくする為に作っているだけだ。

それを見てメモを取ろうが、その料理を再現しようが私には関係ないどころか、自分自身で作らなくても食べられるなら、それに越したことはない。

上げ膳据え膳、最高です！　全ては自分の欲望の為！

「どうした」

周囲が呆気にとられている中、フェスが前に出て聞いた。

いや、そこで聞かないでほしい。

私は無関係でいたいのに。

それ絶対、流れで私も聞いちゃうやつじゃないかと、思わずフェスを睨《にら》みつける。

「ワ……ワイバーンの群れが王都に向かっているようで……」

「なんだと⁉」

私に拒否されたことで顔を真っ青にしていた人が、なんとか言葉を紡ぎ出して答えた。

冷静さを欠いたかのようなフェスの声は、初めて聞いた。

そして、フェスは目つきを鋭くし、すぐにどこかへ駆けて行く。

周囲に居る料理人たちも、顔を真っ青にしてざわめいた。

「ワイバーンって強いの？」

少し興味が湧いた私は、こそっとクロに聞こえる位の声で尋ねる。

いつも胸元に入れているのも気の毒かなと思い、クロが入るくらいのショルダーバッグのようなものを作って、そこに入れることにしたのだ。

勿論、たまに手を入れて撫でくり回すのは忘れない。

『強いよ～！　んっとね……一匹で町が飛んでくよ～』

「ほう……」

クロの話を聞きながら、焼き上がって冷ましておいたパウンドケーキを、型から外し切っていく。

うん。一匹で町が飛んでいくのね？

普通の町より王都は大きいだろう……しかし先ほど、群れと言ってなかったか……？

「いや、それ私にも関係あるやつー！」

可愛いクセに、なんて物騒なことをサラリと言うのだ！

群れが来たなら、この王都なんてどうなることやら！

私の命にも関わる重大事件！

クロの入ったショルダーバッグにパウンドケーキをひとかけら突っ込み、適当に作っていた料理をいくつか、ルークから借りている鞄に詰め込んだ。

料理人たちに、残った料理はオトちゃんに全種類を少しずつ持っていくように頼む。

そして未だ立ち尽くしている伝言をしにきた人には、フェスの元まで案内を頼んだ。

すると、その人の表情が輝いたかのような気がしたが、気にしない。

救ってくれるのですか⁉　といわんばかりの期待がこもった眼差しなんて知りません。

私は私のことしか考えていませんよ。あえて言わないだけで。

大きな扉を前に、案内してくれた人がノックをしようとするも、シロが問答無用で扉を開けてしまった。

「フェス！　スワ様をお連れしました！」

うん。なんかもう……

シロに人間の礼儀とか、関係ないもんね。

しかも、国王より位が高いだろう聖獣だもんね。

好きに振る舞ったって、誰もなにも言わないよね。

てか、よく扉開けられたよな!?　なんか風みたいなのが一瞬、思いっきり吹き荒れたけど!?

「スワ様！」

「お助けください！」

私の姿を見つけると、いきなり席を立ち、頭を下げては叫びだす人達に、私は不愉快すぎて冷たい目を向けた。

見覚えがある面々の奴等は、私になにをしたのか覚えてないのだろうか。

軽蔑したかのような眼差しや、誹謗中傷の数々。

結局、権力に弱くて自分が可愛いだけの人たちが、この国の重鎮《じゅうちん》だなんて、意気消沈《いきしょうちん》する。

「黙れ！　お前ら大臣職を辞職しろ！」

「フェリックス様!?」

不愉快さを隠さず無表情になった私が、苛ついて手前の人間から順番に投げていこうかと思った時、フェスが声を上げた。

「恥を知れ!!　今までスワ様になにをしていたのか思い出せ！」

叱責《しっせき》するようなフェスの声に、大臣という職についているだろう面々が、ハッとなにかに気がついたかのような顔をした後、真っ青になって項垂れた。

本当に、自分達のしたことを考えろと言いたい。

が、私は自分の命も心配なわけで……

チラリとフェスを見ると、私の視線に気がつき、頷いた後にハッキリと言った。

「私が騎士団を連れ、出陣します」

第四章　聖女とワイバーンの群れ

「スワ!!」

「ルーク……」

慌ただしく討伐の準備が始まり、フェスと話せないまま人の波に飲まれた。

なんとかフェスと話せないかと、騎士団が集まっている広場のような場所へ出ると、ルークと合流した。

「……オトちゃんのトコにいなくて良いの？」

「状況が状況だろ！」

ルークはオトちゃんを見張る立場だが、この混乱では私の護衛に近い立場にいると語った。

オトちゃんには最悪、花婿候補だった男共を護衛につけるとのこと。

彼らは、腕輪のお陰で魅了の影響を受けることもないだろうし、かといって現状は戦力にならないから、戦場にも出せない。

むしろそれでオトちゃんの護衛になるのかと言いたいが、そこに関してはオトちゃん達の自業自得という考えのようだ。

まぁ、そこまで攻め入られてしまえば、この国自体が終わったも同然だ。

民が居てこその国だが、国の中枢が落とされてしまえば、他国から攻め入られることもあるだろう。

正直、国とかどうでも良かったりする。

けれど、フェスやルークは別だ。更に言うなら宰相《さいしょう》も……

私に良くしてくれた人になにかあれば、悲しい。

「どうするんだよ」

「……どうするって言っても……私は治癒魔法くらいしか……」

「……だよな」

そもそも聖女が持つ浄化の力とは、一体なんなのだろう。

仮に、ワイバーンが瘴気《しょうき》により凶悪化して襲ってきたとしよう。それを浄化するとは……？　浄化して終わるものなのだろうか。

まだまだ聖女の特性について分からないことだらけの中、確かなのは治癒魔法が使えるということ、そして料理の効果が役に立つということだけだ。

家族同然に暮らしていたフェスに、なにかあっては嫌だ。

だからこそ、フェスがこの国を守るというのならば、私も私にできることをしてフェスを守りたい。

その結果、この国を守ることになっても……

色々複雑な気持ちはあるものの、フェスになにかあることと、どうでも良いその他の人間を救ってしまうことを天秤にかけたとしても、後者はどうでも良い。

フェスの方が私にとっては重要だ。

「スワ様！　どうして此処に！」

「フェス！」

フェスを捜して周囲を見渡していると、向こうから声がかかった。

「私も私にできることをしようと思って。治癒魔法はどこで使えば良い？」

そう言いながら、差し入れにクッキーを渡すことも忘れない。

「スワ様……」

「絶対に、無事で戻ってきて」

ワイバーンの強さを聞いて、その脅威に対して実感がないのは、この場では私だけだろう。

緊張感や、決意を胸にしたかのような表情をする騎士団の面々。

死と隣り合わせの覚悟。

平和な世界で今まで生きてきたからこそ、こんな雰囲気の空間にいたことなんてなかった。

それはある意味で、幸せだったともいえる。

「では、スワ様は王城で待機を……怪我人は、ここまで下がらせることにいたしますので」

嘘だ。と、瞬時に思った。

フェスは私と視線を合わせなかったし、ルークも視線を逸らした。

その嘘は、私を前線に行かせない為か。

もしくは……騎士達には死ぬまで剣を振るわせるつもりなのか。

戦場を知らない私は、なにをどうすることが正しいのか、どう動けば良いのかの判断も付かないまま、ただただフェスと騎士団を見送ることしかできなかった。

慌ただしく駆けて行った騎士団の姿が見えなくなっても、ただその場で立っていた。

どれくらいの時間そうしていたのだろう。

ルークはなにも言わず付き添ってくれている。

騎士団が出て行っただけで終わる問題でもないのだろう。

周囲は変わらず慌ただしく、城下の方もなにやら騒がしい。

ルークの父である魔術師団長が、声をかけてきた。

「ルーク。私らも、もう出る」

ルークはその声に返事をすることなく、ただジッと父の瞳を見つめている。

「ルークよ。しっかり自分の役目を果たせ」

「……あぁ」

最後かもしれないけれど、最後だと思いたくないと思っているのか、お互いしっかり見つめ合ったままなのに、言葉だけは素っ気ない。

男同士、口で語るよりも目で語っているのだろう。

前衛の騎士団が出立し、後衛の魔術師団も出発するということか……

そこまで考えて、私は口走った。

「私も連れてってください！　四属性使えるし、治癒魔法も使えます！」

「スワ⁉」

驚きの声をあげるルークに、ただ目を見開くだけの魔術師団長。

「いくらお前が規格外だと言っても、ワイバーンは危険だ！」

「……規格外？」

現実を見ろと言わんばかりのルークに対し、規格外という言葉に、魔術師団長の目が光った気がする。

うん、こんな時でも親子らしいところは出るのかな？　なんて感心してしまう。

魔術師団長は頷きながら興味深そうに私を見ていて、そんな父親の姿を、ルークは呆れた目で見ている。

「今は少しでも戦力が欲しい状態……後方支援で、私から絶対離れないように。危険になれば……ルーク、頼んだぞ」

「分かったよ」

緊迫した状況の中で私の同行が認められると、魔術師団の中から聖女様を必ずお守りするぞ！と言う声まで聞こえる。

お荷物になったような気がして少し罪悪感を感じたが、このままジッと待っていることなんて私にはできない。

ルークと一緒に馬に乗せてもらい、騎士団を追いかけるように魔術師団も出発した。

「スワ様！」

『スワ！』

猛スピードでしばらく走り続けた所で、クロとシロが声を上げた。

「どうした⁉」

シロの声はルークにも聞こえる。

ルークはしっかり手綱を掴み、馬のスピードを落とすこともなく風魔法を駆使しているのか、周囲の風が緩やかになり、声が拾いやすくなった。

「瘴気《しょうき》の固まりです‼　ワイバーンの群れと瘴気《しょうき》が共にあります！」

『これは大変だよ！　近くに居る他の魔物も、瘴気《しょうき》に飲み込まれてるよ！』

状況を察したであろうルークが、舌打ちした。

つまりワイバーンだけでなく、他の魔物達も凶暴化しているのだ。

「シロ、クロ。なにがあってもスワを……スワだけを守れ」

そんなルークの言葉に、いつも明るい二人……もとい、一羽と一匹は返事を返さなかった。

瘴気《しょうき》……皆がそこまで怯えるもの。

私の心にも不安の闇が広がっていく中、とうとう戦場に到着した。

まるで周囲が闇に覆われているように思えるのは、日の光が大地に落ちてこないほど、空を埋め尽くしているワイバーンの群れのせいだ。

ワイバーンの群れがなんとか目視できるほどの距離に、後衛となる魔術師団の待機場所がある。

広い平原の先には、騎士団が居るのも目視できた。

ここまで来る間に、避難を命じられた民とすれ違うこともあり、騎士団が先に出立したのは避難誘導の意味もあったのだと理解した。

騎士団の向かう先にワイバーン、つまり逆方向へ避難すれば良いということになる。

そして、この平原には戦いの邪魔になるものはないが、逆に隠れる場所もない。

騎士団とワイバーンの群れは、距離としてはまだまだ空いているけれど、この異様な光景に背筋がゾッとする。

ワイバーンだけでなく、瘴気《しょうき》まで集まっているというのだ。

思わず身体が自分の意思と反して、恐怖から小刻みに震える。

「治療班はここで準備！　支援は後方から付いてこい！　攻撃部隊は行くぞ！」

魔術師団長が声をかけ、攻撃と支援に分かれてワイバーンの群れへ向かっていく。

その後ろ姿を、ルークは歯を食いしばりながら見送った。

きっと私が居なければ、一緒に前線へ行きたかっただろう。

騎士団の頭上に大きい炎が出現し、更に大きくするかのように周囲に風が起こる中、他の団員達を守るように水の膜が現れる光景を、緊張しながら見守る。

シロも小さなサイズで私の肩から息を飲み、クロもカバンの中から見ているのか、身体を震わせているのが分かる。

炎がワイバーンの群れへ投げつけられても、砂漠の中に一滴の水を落としたかのような威力でしかない。

「そんな……」

思わず漏れ出た言葉に、ルークも目を背ける。

標的を定めたかのように騎士団へと近づいてくるワイバーンの群れに、驚きで思わず悲鳴が出そうになる。

ワイバーン一匹の大きさが、人間の何倍もあるのだ。

『完全に瘴気《しょうき》に飲まれてる……僕も瘴気《しょうき》のせいで、なんだか苦しい』

ポツリと呟いたクロの声は、どこか悲しそうにも聞こえた。

「スワ様と私の側に居るだけで、多少瘴気《しょうき》は柔らぐ筈です！　こらえなさい、クロ！」

そんな話、聞いたことあったっけ？　聖女の光とかいう、私のオーラというか存在のこと？

でもそれが確かなら、クロは私から離れないほうが良いだろう。

実感は湧いてないが、クロは魔王とも呼ばれる存在なのだ。

クロが瘴気《しょうき》に飲まれてしまったら、どうなるか分からない。

そんなことを思っている間に、一匹のワイバーンが騎士団に向かって下降し、その羽ばたきだけで猛風が巻き起こると、何人か吹き飛んでいった。

離れている私達ですら、その風を感じることができる。

そしてワイバーンは、遊んでいるかのように尻尾を振るい、人を薙ぎ倒していく。

「クロ！」

人が塵芥《ちりあくた》のように払われる様を見て、思わず叫びを上げた。

あそこにはフェスが居るのだ。

引き裂かれそうな痛みが胸に広がり、そんな私の思いが伝わったかのように、クロがカバンから出て大きくなる。

「魔物⁉」

「聖女様⁉」

クロの姿に魔術師団の人々が悲鳴をあげるが、私は構わずクロに乗ると、ルークも飛び乗ってきた。

魔物に恐れつつ、戸惑いながら私達を制止する声をあげる周囲を他所に、私とルークはクロに乗って、騎士団がいる前線へ駆けて行く。

クロが駆けて行くと新たな敵かと思われ、騎士団の後ろについていた魔術師団が慌てる。

しかし、乗っている私とルークに気が付くと、狼狽えながらも道を空けた。

前線へ近づくと、状況がよく分かる。

大きな火球をぶつけて、なんとかワイバーンを下降させたり、風魔法で降下させたりする他に、遊ぶかのように下降してきたワイバーンに剣で対抗したりもしている。

あとは土魔法なのか、盛り上がった大地から飛び上がり、剣を振るう騎士もいる。

必死に命をかけて戦う皆の姿に、なんとも言えない思いが胸に広がる。

「ルーク⁉」

「悪い！　親父‼」

魔術師団長の驚く声が聞こえ、それに対しルークが答える。

息子が前線に行くのを止めたいのだろう、父親としての悲しそうな顔が、一瞬視界の端に映り、胸が痛んだ。

減らないワイバーンに対し、疲労していく魔術師団に意味があるのかも分からないけれど、罪悪感から治癒魔法を広範囲に広げるイメージで展開する。

「スワ⁉　やめろ！　魔力がなくなるぞ！」

ルークの声に、私は首を横に振って抗議する。

私ができることとして、これしか思い浮かばないのだ。

そんな私を見て、ルーク自身も自分の精一杯だと言わんばかりの風魔法を展開し、ワイバーンの翼を狙い、カマイタチのようなもので少しずつ切り裂いて引きずり下ろしていく。

ワイバーンは、ちょっかいをかけてじゃれているかのようで、騎士や魔術師たちの命を、まだ奪ってはいないようだ。

屍《しかばね》が並ぶというより、怪我をした人達が溢れかえっている。

その為、私が治癒魔法で回復するということができる。

ただ……次々に怪我をしていく状況で、すぐ回復するのは、精神衛生上よろしくないように思える。

どれだけ怪我をしても直ぐに治って、また剣を振るって傷ついてというのを繰り返すのは、平和な日本人的には、心が折れそうというか麻痺しそうというか。

ある意味で、残酷なように思える。

そんな中、一人空中に飛びあがった騎士を見つけた。

向かう先には一匹、怒ったかのようなワイバーンで、口を大きく開いて威嚇するように構えている。

「フェスーーーー!!」

それが誰だか認識した瞬間、私は大きな声をあげていた。

クロがフェスの方へ方向転換し、ルークも火球やカマイタチをそちらに向かって投げると、ワイバーンが鬱陶しそうに目を細めた。

その瞬間に、クロは猛スピードで距離を縮める。

「ガオオオオオオオオッッッッ!!」

クロの咆哮によりワイバーン達が怯む。

その隙に、更に巨大化したクロの爪が、フェスを待ち構えていたワイバーンを切り裂いた。

「マジかよ……」

「凄い！　凄いクロ！」

驚きで呆然とするルークと、喜びに興奮する私。

これがクロの魔王としての力なのか！　初めて見るけど本当に凄い!!

周囲の人達も一瞬、呆気に取られたのが分かったが、すぐに気を取り直しワイバーンに向かっていく。

「ガル……ガルゥ……」

「クロ……？」

今まで聞いたことのない、苦しそうな呻き声をあげるクロの周囲に、若干黒いモヤのようなものが見える。

「……瘴気《しょうき》……ですね」

シロの言葉に、喜びの気持ちなんて吹き飛び、クロに対して不安と心配の気持ちが勝っていく。

「クロ……」

『ぐぁ……ご飯の為に……頑張るよ……ぐ……』

「……クロ……」

心配で思わず声をかけて、乗っている背を撫でてみると、苦しそうだけれど変わらないクロの言葉に、呆れつつも少しだけ安心した。

けれど結局、このままじゃ全滅の道しか見えないというのに変わりはなかった。

「グルルル……ガァアウ……」

「頑張りなさい！　クロ！」

シロや私の存在が、本当に多少なりとも周囲の瘴気《しょうき》をやわらげているのだろうか？

そう思えてしまうほど苦しそうなクロは、必死に自分と戦っている。

そして私はＭＰ量が多い為か、ずっと治癒魔法を展開していても、なにも感じない。だけれど、ルークをはじめ皆に疲労の色が見え始めていた。

勿論それは魔術師団だけでなく、騎士団のほうでもだ。

空を埋め尽くすワイバーンの数が多すぎて、一向に減っているように見えないし、ここに留まらずとも一匹くらいは王都に向かっていてもおかしくはない。

それなのに、どこか人間達で遊んでいるかのように、ワイバーン達は留まっている。

まぁ他に向かわれても困るだけだから、それはそれで助かるのだけど。

「スワ様！　大丈夫ですか⁉」

「大丈夫！」

そう声をかけてくれるフェスだが、フェス自身も大分疲労の色が顔に滲んでいるのを、隠しきれていない。

フェスを守るようにクロも戦ってくれているが、瘴気《しょうき》で苦しんでいる間に隙ができてしまう。

そんな瞬間を、ワイバーンは楽しそうに尻尾で攻撃してきたりするのだ。

「グルルルルルル‼」

「クロ⁉」

苦しそうにクロが吠え、もがいた瞬間、私とルークがクロに振り落とされてしまったが、しっかりルークに庇ってもらい無事に着地できた。

私達を振り落とすなんて、普段のクロだったら有り得ない。

だからこそ、今のクロに一切の余裕がないほど、瘴気《しょうき》に蝕《むしば》まれているのが理解できる。

「スワ様!!」

そんな瞬間をワイバーンが見逃す筈がない。

降下しようとしてきた瞬間、シロが聖獣の姿となり私を乗せて逃げる。

「シロ！　まだ皆が居るのに！」

「スワ様の命が最優先です！」

皆から離れるように飛ぶシロを見逃すものかと言わんばかりに、ワイバーンが数匹追いかけてくる。

距離があっても、クロの苦しそうな声はこちらにまで聞こえてきて、心が引き裂かれそうだ。

「やめて……やめて！　やめてやめてやめて!!　戻って!!」

正直、怖い。とっても怖いよ。

平和な国で今まで生きてきた。

戦場なんて初めてだし、こんな風に人が命をかけて戦う姿を見ることなんてなかった。

更には自分が死ぬかもしれないような、こんな状況にだって陥ったことがない。

そりゃ逃げたい。逃げたいよ。

だけど逃げてどうなるの？

帰る場所なんてない。

召喚された直後ならまだしも、私がゼロから作り上げた私の居場所。

あそこで今この瞬間、その居場所となった人達の、命が終わるかも知れないのだ。

「嫌だ！　嫌だ、戻って！」

「スワ様…………」

私だけ生き残って、どうなるの？

クロが瘴気《しょうき》に飲まれたら、どうなるの？

結局、この世界で生き延びる方法なんて……

どうすれば……

「どうすれば瘴気《しょうき》が払えるの!?」

助けて助けて助けて助けて…………助けて？

口から出た言葉とは違ったことを心で叫び続けていると、ふと気がついた。

助けてじゃない、助けるのだと。

「シロ！　戻れ！」

「っ！　分かりました！」

追いかけてくるワイバーンは三匹。

思い出せ、魔法の使い方を。

いくら軽口を叩いていようと、身体が震えていなかろうと、思わぬ事態に、想像や予想ができない出来事に、私の脳内は冷静じゃなかったのだ。

イメージしろ。瘴気《しょうき》を払うイメージを。

ワイバーンを払いのけるイメージを。

クロやフェスを絶対に助ける！　ただそれだけを望んで。

今この状況においても、なんとなく……なんとなくだけど、ワイバーンを殲滅するという考えには至らない。

正直、万が一うまくいってワイバーンの屍《しかばね》が山となっても別の問題が起こりそうだし。

「シロ、気にせずワイバーンに向かって」

「はい！」

気合いを入れて返事するシロの背で、光をイメージする。

落ち着け、落ち着け。

顕在意識から潜在意識へ届けるかのように、深く……深く深呼吸する。

大丈夫、できる。私はできる！

悪いことは一切考えず、瘴気《しょうき》を払うイメージを、光溢れるイメージを。

身体の中に流れる魔力を循環《じゅんかん》させ、最大限放出させるように。

「聖女様……」

なにかを感じ取ったのか、シロが無意識のようにポツリと、懐かしい呼び方で呟いた。

フェスが、ルークが、クロが……みんなが居る。

この国を、この世界を守るように、悪いものを払うように。

みんなで生き延びる為に！　幸せを守る為に！

「正気に戻れぇえええええ！」

瘴気《しょうき》さえ消えれば、飲み込まれることはないはず！

愛らしいクロを思い出して、戻れと願い、目の前のワイバーン三匹に向けて光を繰り出す。

「ギャォオオオオオオオオ!!」

光に包まれたワイバーンは遠吠えのような叫びを放ったあと、しばらく呆然としてその場に留まっていた。

その隙をぬって、シロがフェス達の居る場所へ向けて飛ぶ。

「ワイバーンは元々は大人しいの……？」

「わざわざ無用な争いはしないようですね。食料不足で攻撃的になることはあるかもしれません」

食料不足って……

食料難となった山から、熊や猪《いのしし》や猿などが人里へ降りてくるイメージをしてしまった。

もしやこの世界でも、そういう問題があるのだろうか。

以前シロも餌として追いかけられていたし。

環境が破壊されつつある元の世界に比べると、自然豊かな世界に見えるのだが……

「ガァアアアアアアアア!!」

クロの咆哮が聞こえ、そちらに目をやる。

口からは涎を垂らし、爪をフェスのほうへ振り上げている。

フェスが剣で防御の構えをし、ルークが風の魔法でなんとかクロの爪を押しとどめていた。

クロ自身も必死で耐えているのか、唸っている叫びが聞こえる。

「やめてーーーー!!」

大切な仲間が、他の仲間を手に掛ける。

そんな瞬間なんて見たくない!

叫びと比例するかのような思いと共に、魔法を行使する。

溢れ出る光の魔法に共鳴するかのように、シロの身体も光り輝き出す。

シロの光と私の魔法が、辺り一帯を光の粒子で覆い尽くし、その粒子は私達を中心に少し離れた王都のほうまで広がっていく。

なくなって。なくなって。瘴気《しょうき》よ、消えて!

「スワ様……」

シロの声で前方に視線をやると、狼狽えたようなワイバーンが一匹、また一匹と戻っていく。

「守れ……た?」

空を覆い尽くしていたワイバーンの群れは、あっという間に退散していき、隙間から空の青さが覗いて、太陽の光が地上に降り注ぐ。

シロの輝きと光の粒子が、太陽の光によって、更に輝く光景が神秘的だ。

地上では騎士団や魔術師団の面々が、こちらに向かって跪いているのが分かった。

いや……うん。

なんとも言えない気持ちになりながら、フェスとルークはどこに居るのだろうと目を凝らしていると、黒い物体が胸の中に飛び込んできた。

『すわぁあああ!!』

「クロ！」

クロは私の胸にしがみついて鳴き喚いているようで、それを分かっているのか、シロが珍しくなにも言わない。

『怖かった！　怖かったよー！　スワと離れることになるかと思った！　自分が自分じゃなくなるかと思ったー！』

とても魔王と言われていると思えないほど、震えて怯えているクロの背を撫でると、私の手から光が溢れ、クロを包む。

『……あったかい……』

光が心地いいのか、クロの震えが収まって落ち着いていく。

「スワ様！　フェスとルークが居ました！」

「そこに向かって！」

跪く人々の中で、フェスやルークもこちらに向かい跪いていた。

シロが降下していくに従って周囲を見渡すと、残念なことに命を落とした者も見えたが、重傷を負った人は見当たらない。

光には浄化作用だけでなく、治癒魔法も含まれていたのか。

しかし、さすがに生き返らせる力はないようで、一撃で命を落とした者に関してはどうすることもできないようだ。

そこまでできてしまっては、自然の理に反してしまうから、仕方ないのだろう。それでも、浄化や治癒といったこの魔法も、人間には過ぎた力に思えてしまうけれど……

「フェス！　ルーク！」

シロから下りて、二人の元に走っていく。

クロは私の胸にしっかりしがみ付いている状態で、シロも地上に降り立つとすぐにいつものサイズになり私の肩へと乗った。

「スワ様！」

「スワ！」

二人も駆け寄ってきてくれ、三人で抱き合うような形になる。

皆が皆、無事を確かめ合うように、温かさを確かめ合うように。

生きている。生きているのだ。また会えたのだ。

思わず涙が溢れる。

ここが私の居場所なのだと。

大切な仲間達と、共に生きたいと。

「……聖女様、ありがとうございます」

魔術師団長が、私の前に出てきて膝をついて頭を垂れたが、私は呼ばれた聖女という言葉に思わず眉をひそめた。

私は私のために動いたにすぎなくて、未だ聖女という立場を受け入れるのには心のどこかで抵抗がある。

「城に帰りましょう。国王に報告せねば」

魔術師団長のその言葉で、撤退の準備が始まった。


城に帰ってくるとすぐに、国王への謁見《えっけん》だと言われ、全身を磨かれることになった。

会いたくもない人間に会わなくてはいけないという状況にイライラを抑えながら、されるがままになっている。正直、食品を扱っている場所に出入りするわけでもないのに、ここまで念入りにお風呂へ入れられる意味が分からない。着飾る意味も分からない。

というか、疲れて帰ってきた人に対してすることなのか？

急いで報告を受けたいなら、帰ってきたそのままの状態で良いのでは？　と、元社畜としては、効率の悪さが苛立ちに拍車をかける。

やっとのことで国王と謁見《えっけん》となった頃には、もう疲労困憊でイライラマックス状態だ。

謁見《えっけん》の間には国王、王妃と共に馬鹿王子と、馬鹿王子に似ている王子っぽい人がもう一人前に居て、宰相《さいしょう》も近くに居た。

部屋に入ったのは、私とフェスとルーク、そして魔術師団長だ。

シロはいつも通り肩に乗っていて、もうクロを隠す必要もないので、腕に抱いたままにしている。

「この度は、ご苦労だった」

国王だからこそ当たり前なのだが、その上から目線にもだいぶイラっとさせられてしまう。

いや、もう疲れているからこそ、休ませてほしいんですけど？

むしろ無駄な風呂の時間分を休ませてくれていたら、今この瞬間に報告書を書くくらいしますけど!?

なんて私の苛立ちが分かったのか、ルークが肘で私をつついて注意してきた。

「今回、聖女様のご活躍により国が救われました。そもそも聖女様を邪険に扱うなどと……エリアス!!」

呼ばれた馬鹿王子は、ビクリと身体を震わす。

「王太子ともあろう者が確認もせず、聖女でない者を聖女として祀り上げ、挙句本物の聖女様を邪険に扱うなどあってはならないことだ!!」

「しかし！　聖女は若く美しいと……」

「伝承はあくまで伝承だ、馬鹿者！　しかも多い、というだけで確実にそうだとは書いておらん！」

歯を食いしばり、身体を震わせる馬鹿王子。

同じことを周囲からすでに言われていただろうけれど、軽く聞き流していたのだろうな。

国王の言葉ともなれば、重みも違うのだろう。

ぐだぐだとした説教が続いているが、そんなもの他でやってほしい。

血縁者だからこそそのため息を、フェスがもらす。

同時に、つい私もため息をついた。

帰っていいですかね……？

「スワ様による浄化の光は、この王都まで届いておりまして。心に巣食う不安や恐怖をやわらげ、心を温かい気持ちにする力もあるようですね。お陰で城下の民達も、そこまで混乱なく済んでおります」

親子喧嘩をするだけならば別でやってほしいと呆れていたところに、宰相《さいしょう》から声がかかる。

そんな効果があったんだ……少しでも恐怖が和らいだのなら嬉しい。

そう思っていると、更に宰相《さいしょう》が言葉を続ける。

「オト様の魅了もどうやら解除されたようでしてね……」

皆が不安に蝕《むしば》まれることなく、変に混乱してないことに安堵し、魅了が解除されたことによりオトちゃんの周囲がどう変わるのかと考える。

内政が滞らなければ良いのか？

でも、馬鹿王子は最初から馬鹿だし。

なんて余計な思考を巡らせていると、今度は国王から声をかけられた。

「いやはや、これだけの功績をあげていただければ、誰もが皆スワ様を聖女だと認めるだろう」

なんだろう。素直に受け取れないこの他人事感。

勝手に召喚という名の誘拐という暴挙に出ておいて、さらに国を助けてもらっておいて、あんまりじゃないだろうか。

別に聖女と認めてもらわなくてもいいし、私は私のために行動したまでた。

「これでやっと国王として、スワ様に謝罪できるというもの……」

「いや、要りませんし、受け取りませんけど？」

瞬間、謁見《えっけん》の間は時間が止まったかのように静かになる。

ルークはおいおいって顔をしているし、宰相《さいしょう》は呆れつつ、フェスに至っては笑うのを我慢しているのか少し身体が震えている。

国王が震えているのは、また別の感情からだろうけれど。

「な……なにを言っているのですか、聖女様……」

「国王として簡単に頭を下げてはいけないとか、威厳だとかプライドとか内政問題とか色々あるのは分かりますよ？」

だから効率が悪くとも、文句を言わずにお風呂で磨かれてきたじゃないか、と思う。

「でも人として終わっていますよね。というか親として最悪ですよね。息子を止められないなんて馬鹿でしかないもん。てか、馬鹿？　馬鹿なんでしょ？　表で国王として云々の前に父親としてやることとあったでしょうが」

「ノータリンですね！　脳が足りないという意味での！」

「シロ!?」

小さいサイズで、胸を張ってシロが言う。

きっとそれも、歴代聖女の誰かが教えた言葉なのだろう……

だから！　愛らしいもふもふに！　そんな言葉を教えるな！

顔も知らない聖女に少しばかり恨みの気持ちを募らせる私だが、国王は呆然とシロを見て、なんの言葉も発することができない。

ここまで正面きって馬鹿にされることもないだろう、地位的に。

「せ……聖獣様で？」

「聖獣様ですね」

狼狽えている国王の言葉に、フェスが答える。

あぁ、うん。小さいサイズを見るのは初めてか。

「そういえば、ワイバーンの他に黒い大きな魔物もいたとか……聖女様に遠ざけていただいたようで」

「それ魔王よ」

「クロですね」

「この子ですね」

話題を変えようとした国王だが、シロの言葉に固まっている。

フェスが名前を伝えたので、私も腕の中にいるクロを、国王に見せるように撫でくりまわす。

周囲が呆然としている変な空気の中、宰相《さいしょう》の吹き出す声が聞こえた。

「ま……魔王だと⁉」

ザワめきが周囲を支配する。

こんな愛らしいクロを前に、なにを怯えているのか理解できない。

「恐れながら……魔王に関してですが」

そう言って、宰相《さいしょう》がクロについての報告を国王に伝える。

ん？　クロのことを今更？

なんて思ったが、宰相が報告の最後に「スワ様関連につきましては、殿下《でんか》の邪魔が色々な所で入りましたので報告自体ができずに遅れてしまいました」と付け加えていた。

うん、納得。

クロと私の関係についての報告を聞いても、国王や周囲に居る大臣らしき人達の顔は、強ばったままだ。

「クロは私達に攻撃する意思はない」

「クロも前線で戦ってくれてましたな」

フェスと魔術師団長までも、そう声に出す。

うん、クロはしっかり戦ってくれていた。

思い出すと嬉しくて、ついつい撫でまわしてしまう。

クロもそれが嬉しいようで、目を細めて私の手に擦り寄ってくる。

可愛い～～癒しだ～～～。

思わず顔が綻ぶ私の様子を見て、周囲の雰囲気が和らいでいく。

うん、クロは愛らしいだろう、そうだろう。可愛さしかない。

「なるほど……聖女様は、魔王すら手懐けるということか……」

どっかの誰かがそんなことを口走り、国王までも頷いている。

ある意味で胃袋は掴んでいる気がする。

食い意地が張っているからな、クロは。

国王から咳払いが聞こえ、更になにか言葉を続ける。

「第一王子は王太子の座からおろし、第二王子を立太子させる。以降、聖女様の後見は第二王子が務めさせていただきます」

「父上⁉」

そんな国王の宣言で、馬鹿王子は喚くが、国王が睨《にら》みをきかせるとすぐに黙り込んだ。

そして第二王子らしき金髪碧眼《へきがん》の少し幼い青年が、一歩前に出て頭を下げるが、それをすんなり受け入れる私ではない。

「……で？」

私の心を読み取ったかのようにシロが先を促し、その言葉の裏にある思いを読み取ったのか、第二王子が挨拶を述べていく。

「僕はアレス・ヴァン・ダレンシア。年は十六です。この度は愚兄が申し訳ないことをいたしました。今更、国に関してのお願いを押し付けるつもりはございませんが、スワ様がよろしければ民の生活を守る為、ひいてはクロ様の生活の為にも瘴気《しょうき》の浄化をお手伝いしていただければと思います。そちらは仕事として依頼いたしますし、生活等に関して制限を儲けるつもりはございません。今まで通りご自由にお過ごしください。もしなにか不便等があれば、ご相談いただければと思います」

「ありがとうございます、アレス王太子殿下《でんか》」

馬鹿には使わなかった敬称《けいしょう》を使い、答える。

うん、制限されない生活なのであれば大歓迎だし、私を聖女ではなく「スワ」と呼んだことに大変好感が持てた。

きっと事前に山のような報告書を読み、取引先の情報をしっかり頭に叩き入れ、優位に交渉を行える人なのだな、という結論が社畜脳から導き出された。

周囲はなにやらザワめいているが、無視だ。

だって、私がババァと言われ蔑ろにされ、我慢の限界で出て行った時に、無視していたからね！

チラリとフェスやルークの顔を見る。

私は、今までと同じ生活をしたい。

けれど、二人はどうなのだろう？　嫌とか言われたら悲しいし寂しいから、聞きづらいな。

私が今後についてなにも言えないでいると、アレス王太子殿下《でんか》は首をかしげた後、なにかに気がついたようで、更に言葉を続けた。

「叔父上とドレスラー子爵令息《ししゃくれいそく》はどうされますか？」

「スワ様が許されるのであれば、変わらずお側におりますよ」

「まだ作りたいものがあるので、スワ様のお側に仕えさせていただきたく思います」

私の代わりにアレス王太子殿下《でんか》が問いかけてくれた上に、欲しかった嬉しい言葉を二人が言ってくれた。

しかしルークよ、それは加湿器のことかな？　いや、それ以外にハンドミキサーも頼んでいた気がする……

「では私は、変わらず辺境の城に住みます！」

「城だと!?」

城という単語に馬鹿王子は叫び、国王も驚いているが、アレス王太子殿下《でんか》は理解しているのか頷いている。

王族の力関係……ではなく、脳みその作りに果てしない疑問が生じてしまう……

十六歳の子が一番賢いとは、これ如何に。教育の問題なのか、なんなのか……

大臣達が、そんな！　困る！　などと渋るような声を出しているのが聞こえるけれど、そもそも最初に追い出したのは誰なのだと言いたい。

シロが怒りで身体を震わせはじめるのと同じタイミングで、宰相《さいしょう》が国王を睨《にら》みつけた。

国王は蛇に睨《にら》まれたカエルのように萎縮して、許可を出す。

「分かった！　聖女様の望む通りにいたしましょう」

「当たり前よ」

ボソリとシロが呟いた。私以上に、ご立腹だったようだ。

「オトちゃん、今大丈夫？」

「スワさん！」

堅苦しい謁見《えっけん》も終わり、簡単な格好に着替えた後、私はオトちゃんの部屋を訪れた。

隣には、フェスやルークも居る。

なにかが吹っ切れたような表情のオトちゃんに誘われて部屋の中に入ると、緑の髪と目をした青年がそこには居た。

「初めまして。私はグランキン侯爵《こうしゃく》の息子でピーターと申します」

「宰相《さいしょう》の……？」

「その通りです」

ということは、例の旦那候補の一人か。

魅了が解除されたから、こうやってオトちゃんの元に来ることができていると判断し、勧められるままソファに座った。

「私、自立することにしたの！」

ピーターがお茶を出してくれたタイミングで、オトちゃんがそう切り出した。

どうやらオトちゃんは、魔術師としてレベルが高いから、魔封じの腕輪を付けながら魅了のコントロールを始めていくとのことだ。

コントロールさえできれば、それはそれで重要な立場の魔術師になれるらしい。

「スワさんに言われて考えたの！　依存体質を治そうって！」

どうやら現実を見て色々考えたらしく、知らぬ存ぜぬだった時から、随分成長したように見える。

「私が守ってなんとかいたしますよ」

「グランキン侯爵令息《こうしゃくれいそく》？」

「ピーターで結構です。スワ様」

ピーターは、自分がオトちゃんを守ると言う。

魅了は解かれた筈では？　と思って訝しげに見ていたら、その視線の意味を汲み取ったのか、ピーター自身が説明してくれた。

「判断能力が鈍っていたのは確かですが、彼女は幼く、しかも向こうの世界では、まだ親の庇護《ひご》下に居て教育を受けている年齢だと言うではないですか。成人もまだだと。守り教えなければと思ったのは確かなのですよ」

「ちゃんとした人なのに、そこまで判断力が低下してたんだ……」

なにそれ怖い。三日三晩不休の戦士レベルの判断力だったのかもしれない。

魅了の恐ろしさを再確認しながらも、ピーターの誠実さに好感が持てた。

どうやらオトちゃんは、母親に溺愛されて育ったらしい。

自分は悪くない、自分の主張は全部通る。

否定されるのが嫌で、肯定してくれる人に依存する傾向にあった。

ピーターはそれを危惧はしていたが、まさか魅了のスキルまであるとは考えておらず、油断したと言う。

「皆が態度を変える中、ピーターだけは変わらなくて……怒ったり泣いたり喚いたりする私相手に、根気よく面倒見てくれて」

いや、それ、結局ピーターに依存しているんじゃないかな？　と思ったが、口には出さない。

きっかけがそれでも、自立すると言っているんだから、良い方向に向かっているのだろう。

男女だしどうなるか分からないけど。

というか、他の男はなんだ？　聖女という地位だけが目的だったのか？

それを考えていたら眉間に皺が寄っていたらしく、気がついたオトちゃんが慌てて顔の横で両手を振り、声を出す。

「あ！　そりゃまだ助けてもらうよ⁉　いつかは依存もやめて魅了もなくしたいけど！　今は全く分からない状態だし、コントロールもしなきゃだし、どういう選択肢があるのかとか全然分からないから！」

まぁ、それもそうだ。学生時代の勉強が、ここで使えるとは限らない。

確実に英語や古文、社会なんかは必要ないな、だって異世界だし。

数学と理科はどうなのだろう……？

辺境では使わなくても生活できた気がする……いや、簡単な計算はしていたか？

薬学や魔道具作りになると、必要になるのかな？

「この子の為にも頑張らないと…………父親、誰か分からないし」

「生まれたら分かるんじゃない？」

面白いくらいに、旦那候補達の髪や目の色はバラバラだったと記憶しているが、オトちゃんは首を振った。

「避妊の概念がないなんて思ってもみなかったし……父親が分かったところで……あんな男達は嫌」

肯定してくれる相手と存分に楽しむ高校生か……ここが日本でも避妊は確実ではないし、病気の危険性は十分にある。

まさか異世界にきて、こんな状況になってから理解するとは思わなかっただろうけど、オトちゃんは母になろうとする強さを瞳の奥に秘めていた。


「できたー!!　カレーライスーーーー!!」

やっと完成したものに、私は歓喜の声をあげる。

「お？　できたのか？」

「良い匂いがしますね」

その声が聞こえたのか、ルークは魔道具作りを止めて、部屋から出てきた。フェスも稽古を終えて、キッチンへと入ってきた。

細かい調味料はいらない！

もう最低限で良いんだよ！　ってことで、ターメリックにコリアンダー、そしてクミンを、シロに探してきてもらったのだ！

勿論シロは胸を張って、私えらいでしょ？　と、褒めてもらうのを待っているので、存分に撫でて愛でた。

「あぁあああもうシロ最高！　ありがとう！　大好き！」

「えへへへ～スワ様ぁ～～」

とろけるような表情で嬉しそうにするシロは、もう私へのご褒美にしかならない。

正直、ローレル等も欲しかったが、そんなことを言っていたら、いつカレーにありつけるか分からない！

『早く食べよう～！』

クロが待ちきれないとばかりに、私の足に擦り寄ってくる。

うぅううう至福！　もう幸せしかない！

食卓にサラダとスープも一緒に並べ、皆で座る。

「「「いただきます」」」

皆で声を揃えている間に、もうクロはカレーライスに口を突っ込んでいる。

相変わらずの食い意地に、心がほっこりして口元が緩んでしまう。

私達は相変わらず辺境に住んで、以前と変わらずハーブを育て、野菜を育て、自由に生きている。

聖女だと噂は出ていたが、辺境の村だからか、あまり持ち上げられることもない。

むしろ人々は、自分たちの生活に近いレシピやハーブのほうに興味があるようで、今まで通り商人と取引をして商売をしている。

アレス王太子殿下《でんか》までも、たまに様子を見にくるついでに、食事改善と言いながらレシピやハーブを購入していったりする。それだけでなく、図々しく食卓に加わる日もあり、今となってはだいぶ打ち解けて友達のような間柄だ。

味の濃い食事まではいかなくとも、ハーブによる味付けは、どうやら王都でも好評のようだ。

特にオトちゃんがちゃんと食事をしてくれるようになったとのことで、オトちゃん自身からもたまに手紙なんかが届く。

「あ〜平和だ〜〜」

「ごめんね、仕事の依頼だよ」

幸せを噛み締めていると、アレス王太子殿下《でんか》が仕事を持ってきた。

「ちょっと瘴気《しょうき》が渦巻いているのか、魔物が凶暴化している地域があるんだ」

「じゃあ見てきますね〜！」

シロは地図を見た後、そう言って飛び立って行った。

本当に、シロは働き者だと思う。

「クロに乗せていただければ、日帰りできる距離ですね」

「……君たち……ほんとにもう……」

フェスの言葉に、未だ規格外的なことに慣れていないアレス王太子殿下《でんか》は、呆れたような顔をする。

たまに瘴気《しょうき》を払いつつ、のんびりスローライフで、日々幸せを噛みしめる。

規格外？　そんなこと知りません！　私は私らしく生きる！

第五章　勇者が召喚されました

「くそっ！　くそっ！　くそぉっ!!」

あんなババァが聖女だと思うわけないじゃないか！　と、心の中で罵る。

王太子の座から下ろされ、周囲の人間の大半は自分に対して態度を変えた。

それでも残った人間は、俺が王太子……次期国王に相応しいと讃えてくれる。

しかし、少数だけではダメなのだ。

今まで許されていた豪華な生活もできず、常に我慢、我慢と言われるようになってしまった。

なにか言ったとしても、マトモに話を聞いてくれる人も少ない。

たかが、聖女を間違えただけで！

「絶対、返り咲いてやる！」

王太子に。次期国王に。

弟に……年下に負けたなど、あってなるものか！

人の意見を取り入れてどうなる！　俺に取り入ろうとして騙す奴が居るかもしれないだろう！

自分の意思を持たなくてどうする！　すぐに取り込まれてしまうだろう！

王族らしくしなくてどうする！　相手に舐められてしまうではないか！

「来い！　勇者よ!!」

召喚の間で、俺に与《くみ》する貴族たちと魔法陣に向かう。

「あの魔王を倒して、偽聖女を貶めてやるのだ!!」

これは、望む者を呼び寄せるという魔法陣なのだろう？

ならば魔王を倒せる勇者を、俺の元に連れてこい！

聖女が召喚された時のように魔法陣が輝き、人のシルエットが浮かび上がる。

それは、召喚が成功したことを物語っていた。

「おぉおおおおお!!」

周囲から歓声が湧く。

こいつらは、俺が次期国王になることを願っている貴族たちだ。

ただ、その歓声は光が消え去り、召喚された人物がハッキリ分かるようになると、ざわめきに変わり、同時に俺も動揺した。

しかし、自分は王族であるという謎の自信から、いつもの強気さで乗り切ろうとした。

「勇者よ！　俺に仕えろ！　魔王を倒せ！」

「あ？」

低く唸るような声が返ってきて、怯む。

相手は細い身体で腕力なんてなさそうで、怯える要素などないに等しい体格のはずなのに。

思わず、少し後ずさる。

その理由は……勇者と思われる人物の全身にかかっている、どす黒い赤いものにある。

錆びた鉄のような匂いが立ち込め、その赤いものが血液であるということは、すぐに理解できた。

しかし男は痛みに呻いているわけでもないということは、あれだけの返り血を浴びたということになる。

「……楽しませてくれんならな？」

「ひっ」

男の歪んだ微笑みに短い悲鳴がもれるが、ここで逃げては自分が王太子に返り咲くことなどできない。

魔王を放置してはいけないのだ。

勇者に倒してもらわなければ――

これは、望んだ者を呼び寄せる魔法陣――

◆◇◆

あれから四ヶ月。

私は相変わらず瘴気《しょうき》を浄化しつつも、基本はスローライフを満喫している。

召喚されてから季節が一回巡り、ここでの生活に関しては完全に馴染んでしまった。

不便だけど自由。

心地良い忙しさ。

アレス王太子殿下《でんか》も、相変わらずハーブやレシピを強請《ねだ》りに来るし、ご飯もガツガツ食べて行く。

畑の作物はよく育つし、隣の森でお肉は手に入るので、まぁ困ると言えば料理の手間だけなのだけど……

ただ、それ以外に一つ、困ったことが増えている。

「申し訳ありません、スワ様……ついて……否、憑いてきました」

「背後霊か」

アレス王太子殿下《でんか》は来て早々、私に深く頭を下げた。

「お元気でしょうか、スワ様」

「スワ様！　お会いしたかった！」

「フェリックス殿下《でんか》！　お相手ください！」

「帰れ」

悪気はないがタチの悪い、とんでもない三人がアレス王太子殿下《でんか》の後ろに居た。

いや、一人は明らかに私が狙いではないのだが……

「さぁ！　殿下《でんか》！　魔物を狩りに行きましょう！」

「必要以上に狩る必要はない。私は今、スワ様の護衛をしているのだ」

フェスのその言葉に思いっきり私を睨《にら》みつけたのは、赤い短髪と瞳に、がっしりとした身体で騎士服を身にまとっている、ワジム・ベロフ侯爵令息《こうしゃくれいそく》。

どうやらフェスを慕っているらしく、構ってもらえないのは私のせいだと言いたげだ。

「うるさい声が聞こえたかと思ったら、脳筋か……」

「黙れ、引きこもり。お前はもっと鍛えろ」

ルークは、頭を押さえながら玄関ホールに降りてきた。

完全に性格が正反対な二人なのだろう。

「お疲れでしょう、スワ様。お茶のご用意をいたしましょうか」

「自分ですから……」

紫の髪と瞳を持ち、真っ白な神官服を着ているのは、オレグ・フテイ伯爵令息《はくしゃくれいそく》。

次期大神官として厳しい訓練をこなし、自分を律することができるようだが、常時私の世話を焼こうとする。

「あら！　オレグじゃない！」

「お久しぶりです、シロ様。スワ様共々、変わらずお元気な様子で」

「そうね！　スワ様が元気だから私も幸せよ！」

「それはなによりです。私も幸せですね」

シロにも丁寧に頭を下げ、私の話で盛り上がる。

オレグは一切表情を変えず、淡々と冷静な口ぶりなのだが、会話の内容にいつも鳥肌が立ってしまう。

神官はそもそも神を崇めたたえ、聖女は神の使いであるという認識らしいのだ。

シロとそういう話題で話が合うあたり、こいつも相当な聖女主義なのは間違いない。

あまりに面倒くさいし、崇められるのに気持ち悪さを感じる。

とっとと退散しようとした所で、またも邪魔する声が聞こえるのだった。

「スワ様、二人でお茶でもどうでしょうか」

左手で私の腰を抱き、右手で私の右手を取ると、自分の口元へ近づけていく。

あぁ、女に慣れすぎている……スマートと言えばスマートなのだろうけれど……

「近すぎるぞ」

「いやですね。冗談ですよ」

剣が鞘から抜かれた音が聞こえたかと思った瞬間、その切っ先は目の前に居る男の首元にあった。

突きつけたのはフェスだ。

うん、速いね。呆気にとられていたから見えなかったよ。

後ろからはワジムが流石！　なんて嬉しそうな声を上げている。

私からしぶしぶ手を離した青い長髪に青い瞳をしているチャラ男は、デニス・イワノフ公爵令《こうしゃくれい》
息《そく》で、地位だけは無駄に高い。

面倒くさいこの三人は、元聖女の花婿候補だった奴等だ。

今はしっかり魅了が解かれているらしく、これが本来の性格だというのだが……

オトちゃんが初めて会った時は、こんな感じだったんだよね？　この三人。

顔か。顔だけで遊んだのか、オトちゃん。

……まぁ、それでも馬鹿王子よりかはマシかもしれない。

あれは馬鹿の筆頭で、脳みそが終わっている。

「元と言っても、聖女の花婿候補ではあったわけですし。どうです？　九つ下の旦那というのも魅力的では？　夜は退屈させませんよ」

「死にたいか。デニス・イワノフ公爵令息《こうしゃくれいそく》」

フェスの殺気が凄い。

命の危険からだけでなく、悪い男からも守ってくれるというのか。

うわぁ尊い！　さすが騎士。

元の世界で、草食系男子と呼ばれていた存在を思い出す。

優しいのも良いけれど、守られていると感じさせてもらえるのも、胸がときめくというものだ。

いくら三十路間近だとしても、女は女なんだなぁと実感しながら……

「ねぇよ、クソガキ」

そう一蹴して、私は応接室のほうへ向かう。

追い出そうとしたって、無駄な体力を使うだけということは分かっている。

アレス王太子殿下《でんか》についてきているあたりが、もう悪ガキの考えだとしか思えない。

アレス王太子殿下《でんか》さえ居なければ正直、力技で追い出すのに……

ルークも舌打ちしつつ、私と一緒に応接室へ向かう。

「ごめんね」

苦笑しながら、アレス王太子殿下《でんか》が声をかけてくる。

「悪いと思うなら、まいてきてくれます？」

「隠していても、どこからか聞きつけてきてね……」

「いや、物理的に。縄で」

「えっ!?　そこ!?」

いや、本当に面倒だもんと、チラリと後方に目を向け、改めて思う。

私と殿下《でんか》の後ろを、殺気を放ちながら、イワノフ公爵令息《こうしゃくれいそく》を監視するように歩くフェス。

そんなことは一切関係ないと言わんばかりに、楽しそうなイワノフ公爵令息《こうしゃくれいそく》。

殺気を放っているフェスを、憧れの目で見つめるベロフ侯爵令息《こうしゃくれいそく》。

シロを肩に乗せ、シロと共に私を見つめながら、なにかしら会話をしているフテイ伯爵令息《はくしゃくれいそく》。

あぁああ……シロ……なんか寂しいぞ……なんて少しばかり思いながら、このメンバーに頭が痛くなる。

応接室に着き、私とルークがソファに座ると、後ろにフェスが立つ。

その対面にあるソファには、アレス殿下《でんか》とイワノフ公爵令息《こうしゃくれいそく》。その両側にフテイ伯爵令息《はくしゃくれいそく》とベロフ侯爵令息《こうしゃくれいそく》。

クロが私の膝の上に来たのを見て、やっとシロも私の肩に来た。

あぁ、もふもふ天国！

まだ寒さが残っているため、身体を冷やしすぎるのも良くないと思い、身体を温められるよう、ホットジンジャーレモネードを出した。

生姜は身体を温めるって言うからね！

「うん、相変わらず美味しいね」

アレス王太子殿下《でんか》はニコニコと笑いながら味わっているけれど、とっとと用件を話せという私の視線やオーラを感じ取ったのか、苦笑しながらも本題を切り出す。

「実は、最近瘴気《しょうき》の発生が早いようで、魔物が増えていっているらしいんだ」

「らしい？」

「ここら辺ではない、国境付近の話だからね」

アレス殿下《でんか》が言うには、王都から離れた位置で瘴気《しょうき》が増えて魔物が凶暴化しているらしく、辺境の村などへの行商や諸外国への輸出入が滞っているとのこと。

実際、まだ生活している上での支障はそこまでないそうだが、商品が届かないとなれば、商売をしている人達は薄々気づいているだろう。

確かに、自分の所へ来る馴染みの商人からも、そんな話は聞いていた。

行商人の数が減ったとか、物が手に入りにくくなったとか。

チラリとクロを見ると、いつもと同じように私の膝の上でまったりゆっくり休んでいるようで、その姿に違和感はない。

「ク～ロ？」

『な～ぁ～に？』

「クロ、可愛い～～～～!!」

胸にグッと来る、可愛い返しだ。

相変わらずクロは可愛い、可愛すぎる！

思わず抱きしめ、くすぐったいよ～と言うクロを撫で回していると、フテイ伯爵令息《はくしゃくれいそく》が眉間に皺を寄せて嫌そうな顔をしている。

「スワ様。無害かもしれませんが、魔王ですよ？　自重していただけますか？」

「そんな毛玉より、僕に構ってくれれば良いのに」

更にはイワノフ公爵令息《こうしゃくれいそく》まで鳥肌が立つようなことを言うから、風で窓を開け、そこに二人を吹き飛ばすイメージをして、窓の外へ放り投げた。

下にはプールを思い浮かべておいたので大丈夫だろう。

不愉快なものは視界から消すに限る。

それを見たベロフ侯爵令息《こうしゃくれいそく》は二人の無事を確かめに行く為、王太子殿下《でんか》に断りを入れて部屋を出ていった。

「あいつも、まだまだね」

「なんか……その……申し訳ない」

シロは私のことをちゃんと理解していますよ！　と言わんばかりに胸を張り、アレス王太子殿下《でんか》は頭を下げ謝罪してくる。

「王族はそう簡単に頭を下げるものではないですよ。むしろ、こうならないように先手を打つべきでは？」

私のその言葉に、アレス王太子殿下《でんか》は更に項垂れた。

アレス王太子殿下《でんか》だけならば夕食をお出しした上に泊まっていただくこともあるが、今日は要らない付属品が三つもあった為、そのままお帰り願った、というか追い出した。

どっかそこら辺の宿に泊まるか、野宿でもどうぞ。

というわけで、三人分とペット分のご飯を作ろうとキッチンに入ったわけだが……

「クロォオオオ!?」

『ごめんなさいいぃいい！　だって美味しくて～！』

鍋に角煮を大量に作っておいたのだが、見事に空っぽとなっている。汁までも全部だ。

塩分や油分は大丈夫なのだろうかという心配と、あぁ……いつも通りの食い意地だと安心する反面、ちょっぴり泣きたくもなる悲しさ。

汁を残しておけば、アレンジレシピとかの調味料にも使えるんだよ、クロ……

それにその角煮、明日も使う予定だったし、他にも色々と使いまわしたかった……

しかし、もう食べられてしまったものは仕方ない。

「お手伝いしますよ。本日は簡単なもので大丈夫です」

フェスが、私の声に驚いてキッチンまで来たのだろう。手伝いを申し出てくれた。

「助かる！　卵あったよね!?　あと、肉を細かく刻んで！」

「ミンチですね、分かりました」

親子丼ならぬ他人丼で、簡単な夕食にしよう。それに、スープとサラダもつけて。

ミンチは明日のお弁当用だ！　それとデザートも！

「スワさ〜ん！　お久しぶりですー!!」

「こんにちわは！　オトちゃん！」

翌日、お弁当やデザートを持って、オトちゃんがお世話になっている宰相《さいしょう》の邸へ遊びに来た。

オトちゃんのお腹は、もう膨らんでいるのが目に見えて分かる。

「七ヶ月だっけ？」

「うん！　順調に育ってるよー！　腰痛い〜！」

そう言いつつも、どこか嬉しそうだ。

十七歳で産むんだもんなぁ〜。

こっちに来てなかったら、オトちゃんは、まだ高校生をやっていたのだ。

オトちゃんとはずっと手紙のやり取りをしていたのだが、そろそろ召喚されて一年だから、なんかお祝いしたいねってことで、近況報告も兼ねて私が王都へ遊びに来た。

と言っても、ついでに色々買い出しをしようと思っていたのもある。

シロに乗ってくれれば数時間ほどなので、不便はない。

「皆さんもどうぞ～！　ピーターも今の書類が終わればすぐに来るから！」

私は、相変わらずフェスやルーク、シロやクロと行動している。

というか、離れている時はないのではないか？

クロはともかく、みんな護衛のようについてきてくれる。

私も、それが当たり前のようになってるけど……

いや、守られている感覚はないかな？　守られているのかもしれないけれど。

サロンに通され、席につき、持ってきたお弁当やデザートを広げようとしたところに、扉が開く音がした。

「すみません！　お弁当まだありますよね！」

そこには息を切らして、急いで駆けつけたピーターが居た。

「……」

思わず無言でピーターを見つめていると、ピーターはコホンと咳払いをしたあと、何事もなかったかのように席についた。

オトちゃんは肩を震わせ、声を押し殺して笑っていたが、もう無理と言わんばかりに声をあげて笑いだした。

「あのね、実は」

「オト!?」

オトちゃんは、ピーターだけでなく、宰相《さいしょう》までもが私の料理のファンだと言う。

暴露されたピーターは顔を真っ赤に染めて俯いているけれど、別にそんな恥ずかしがる必要もないのに。

「それなら、多めに作ってきたので宰相《さいしょう》にもどうぞ」

「良いんですか⁉」

そう言って、ピーターは顔を上げて目を輝かせる。

「ハンバーガーですからね」

「やったぁ！　ハンバーガー！」

まずは喜ぶオトちゃんの前にハンバーガーを出す。

多めにというのは、みんな結構食べるので大量に作ったのだ。

昨日、作り置きしておいたパンまではクロに食べられていなかったので、それを使ったものに変更した。

「デザートはプリンね」

「きゃー！　スワさん！　ありがとう！」

こちらも大量に作っておいたので、宰相《さいしょう》の分をピーターに渡すと、深々と頭を下げられた。

「……実はスワ様に教えてもらったレシピ通りに作っても、なかなか同じ味を出せなくて」

ピーターは作る人によって味が違うと話した。

確かに私もレシピを出しているが、そこに書いてある分量は曖昧だったりする。

そもそも、この世界にしっかりとした計量器があるわけでもない。

分量がちゃんと測れるわけでもないし、味は好みでと、私が直接レシピを売った人には大雑把に伝えている。

だから、作り手によって味が変わるのは当たり前で、温度や湿度によって変わるものもあると、ピーターに教えた。

「確かにそうだよね。健康状態とかにもよって、調味料の分量を変えたりするんでしょ？」

「オト、後で詳しく」

「私、そんなに詳しくないからね」

知識はあっても、料理どころか家事全般は母親がやっていたと、オトちゃんは言う。

さらにお腹すいたと思えば、二十四時間開いているようなお店に行けば良かったと。

確かに、日本にはものが溢れていた。

学生時代なんて欲しいものの為にバイトをして、社会に出たら生活の為に働き、支払いで給料が飛んで……

生きるために節約をし、サービス残業なんて言葉もあり、働いても働いても給料があがるわけでもなく……

「くっ！　社畜！」

「……私、こっちで働くことになって良かったかもしれない」

私の呟いた言葉に、顔を引きつらせながらオトちゃんが言った。

いや、オトちゃんだけではない……フェスもルークもピーターも顔を引きつらせ、私を哀れむような目をしている。

「働いてるの？」

「うん！　スキルもあるし、ピーターの下でアパレルの仕事をしてるんだよ！」

言ってしまえば、オトちゃんはグランキン侯爵《こうしゃく》家の居候的存在でしかない。

もう王城に居づらいということで、宰相《さいしょう》が引き取ったという背景もある。

「ほら、ステータスに魅了以外で被服と制作があったでしょ？　前にも言ったけど、私ハンドメイド好きで、服をアレンジしたりアクセ作ったりしてたんだ！」

「なるほど……」

でも、それスキルですよね？　私も料理スキルがあるので人のこと言えないけど。

心配そうな顔の私に気がついたのか、ピーターが声をかけてくる。

「大丈夫ですよ。若干作った物の魅力が上がったりするようなものです。スワ様の料理も、言うほど人に影響を与えないでしょう？」

「化粧で化けるレベルだと考えれば、範囲内か」

「むしろ、化粧のほうが化けると思うよ？」

オトちゃんが真剣にそう返してきた。

確かに動画とかであるな……メイク前と後じゃ全然顔が違うとか……

「染色も楽なんだ～！　四属性の魔法が使えるって良いね！　でも、生地のレパートリーがなぁ……伸縮性のある生地が欲しい～。向こうのもの色々作りたいし」

「それなら、織り方とか？」

「伸縮性はないですが、浴衣とかいうものなら、以前の聖女様がお作りになっていましたよ？」

「ちょっとシロちゃん、それ詳しく」

歴代聖女は、オーパーツを残していく存在か！　と言いたくなりつつも、女三人？　で話は盛り上がる。

向こうの世界の話もあるので、男達は大人しくその話に耳を傾けながらも、ピーターに至ってはなにやらメモを取っている。

きっと他にも有益な情報になりそうなものや、オトちゃんの商売に必要だと思ったことはメモに残しておくのだろう。

ルークも計量器？　なんて呟いているが……それは魔道具には入らないと思うけれど、後で教えよう。

作ってもらえるなら、作って広めたい。

「シロ様……そちらを持ってきていただくことはできますか？」

「できるわよ？」

「えっ!?　じゃあ他にも、今まで仕入れていたもので欲しいのが！」

ピーターの疑問に答えたシロに対し、他にもお願いしたいとオトちゃんが声を上げた。

「え？　今までの仕入れ経路はどうなったの？」

「それが……輸入が滞ってるの」

オトちゃんの言葉に、昨日アレス王太子殿下《でんか》が言っていた言葉が蘇る。

「そういえば、瘴気《しょうき》が増えてきているとアレスが言っていましたね」

「ええ、遠方から取り寄せているものに関しては、ほぼ手に入らない状態です……そういえば王太子殿下《でんか》は？」

フェスの言葉に返したピーターが、そんな言葉を投げてくる……が、皆スルーした。

さすが宰相《さいしょう》の息子。アレス王太子殿下《でんか》のスケジュールは把握しているのだろう。

アレス王太子殿下《でんか》は、まだ王城に帰ってきている途中だろうけど、詳細は知らない。

トラブルトラブルメーカーならぬトリプルトラブルメーカーがいるのだから、私達がシロやクロに頼んで送る義理はない。

いつもは、アレス王太子殿下《でんか》だけ送り届けたりしていたのだけれど、もう何回目になるか分からないトリプルメーカー付きだと、こっちもそういう気が起きないのだ。

「……あんなのの、どこが良かったのか」

「顔」

私の言いたいことが分かったのか、オトちゃんは予想通りの答えを返してきた。

あんなイケメン相手にするなんて、ないことだし！　なんて言っていたから、ピーターも話の内容を理解したらしく、頭を押さえて呟いた。

「……だから王太子殿下《でんか》が居ないのですね……スケジュール調整しないと。これからのも」

どうやら私が送り届けることが前提の予定だったようだが、今後もそうではないことを念頭に置いてくれるようだ。

というか、二度と連れて来るな！　トリプルトラブルメーカーを！

「王太子殿下《でんか》とトリプルトラブルメーカーと言えば……イワノフ公爵令息《こうしゃくれいそく》が、第一王子の動きがおかしいことをスワ様に伝えると言っていましたが……それはお聞きになってから追い出しましたか？」

「その前に追い出しました」

そういう重要なことは早く言えよ！　だから憑いてきたのか！

なんて思ったが、そもそも話すのも疲れるタイプだと言うと、ピーターはこめかみを押さえ、オトちゃんは頷き口を開く。

「聖女にあんな男をあてがう辺り、国の品格が疑われるよね」

「それと遊んでいた、オトちゃんは……」

「それ以外楽しみなかったし⁉　チヤホヤ敬ってもらうの嬉しかったし⁉　それが普通なのかと思ったし⁉」

その言葉に、ピーターは更に項垂れた。

食事は不味い、変な男で周囲は固められる。

確かに魅了の件や、我儘な性格をおいておいても、国としてどうかと思う。

オトちゃんも立派な被害者だ。

「……ちなみに、イワノフ公爵令息《こうしゃくれいそく》の情報源は、貴婦人たちだそうです。エリアス殿下《でんか》には現在、行動制限をかけておりますが、常に第一王子派と呼ばれる上昇志向貴族達が取り囲んでおります。アレス王太子殿下《でんか》もご存知ですが、エリアス殿下《でんか》へ常に監視をつけるのも難しい状況です」

「上昇志向ってうまいこと言うね～」

「おだてていれば、操れる馬鹿だしな」

「なにかあれば破滅しかないことを理解していないのか」

ピーターの言葉に私は毒を返し、ルークやフェスもその言葉を理解して感想を述べた。

操り人形を置いて、自分が権力を握るなんて、欲に溺れている証拠じゃないか。上昇志向と言うなら、自分の力だけでのし上がるものだろう。

本当にこの国は大丈夫か。

アレス王太子殿下《でんか》の周囲も、トリプルトラブルメーカーがついているようだし……

キョトンとしていたオトちゃんが、そう言えば……と口を開く。

「宰相《さいしょう》からピーターと一緒に聖女のことを聞いたんだけど、瘴気《しょうき》が発生したら聖女を召喚し、増えすぎたら勇者を召喚するんだよね？」

「大雑把に要約すると、そうなるね」

絶対にクロを倒させる気はないけれど。

「いま瘴気《しょうき》が増えてるから、王子、勇者召喚なんてしてたりして～！」

「やだそれ、なんてフラグ？」

なんとなくトラブルの予感はしていたが、オトちゃんがそんなことを言うので、私も笑って返し……いや、待てよ？　仮に勇者が召喚されたとしよう。

……勇者は聖女と聖獣を連れて魔王を討伐するんだよな？　なにそれ嫌すぎる。

私が望むのは、皆と一緒に平和なスローライフを送ること！

「面倒なことになるようなら、もういっそ世界旅行と言わんばかりに逃げようかなぁ～」

この国にこだわる必要ってあるのかな、なんて思い、そんなことを口走る。

「面白そう！　私も色々見て回りたい！」

「シロが他の国から持ってくる魔道具、興味深いのもあるんだよなー」

私の言葉から、オトちゃんやルークまでもが、旅に思いを馳せる。

うん、知らない世界を知るのって楽しいよね、楽しみだよね。

そんな私達を焦った様子でピーターは眺めているが、フェスはどうなろうと付いてくる気なのか、特に表情を崩している様子もない。王弟なのに。

「では、歴代聖女遺跡巡りとかどうでしょう!?」

「「「却下で」」」

シロのそんな発案に、私とオトちゃん、ルークまでも即座に却下した。

そうじゃない。そんなのを見たいわけじゃないのだよ、シロ……

瘴気《しょうき》のことは念頭に置いておいて、とりあえず現状は、瘴気《しょうき》発生の地域が絞れてないようなので待機なのかな、なんて思いながら帰宅する。

大量に作ったハンバーガーとプリンの残った分は、宰相《さいしょう》達で分けてくださいと置いてきた。

クロ達の悲痛な表情を見た気がするが、また作れば良いだけの話！

そこまでプリンを消費するならば、材料の卵のために鶏を飼おうかなという考えが頭によぎったけれど、遠出することになれば、家を空けている間の世話が大変だ。

「スワ様、城の前に誰か居ます」

「ん？」

フェスの声で下を確認する。城なんて立派なものを建てられていても、門番なんてものもない。

玄関先まで普通に侵入できる作りになっていて、その玄関扉の前に一人の男が居るのを、シロの上から確認した。

「……見たことない人だなぁ」

「新しく契約したい商人とか？」

「商人の格好には見えませんよね」

村人にしては良い服を着ているし、汚れが目立つわけでもない。

ちょっとした装備を付けているけれど、騎士や冒険者のようでもない。

なんとなくＲＰＧでの初期装備を思い浮かべるような感じだが、そこまで見窄《みすぼ》らしいわけでもない。

「……黒髪？」

この世界の人間にしては、細く頼りない体つきに、肩くらいまでの黒い髪。

シロが降り立つと、玄関前に居た人物が私達に気がついて、振り返った。

「こんにちは～！　スワさんって誰っすか～？」

ヘラヘラとしながら近寄ってきたのは、変な喋り方のおじさんだった。

無精ひげも若干生えているし、年齢的には私より上かな？

三十代後半から四十代のようだ。

こんな喋り方で礼儀がなってなくても、外見的にはそのくらいの年齢に見える。

「……どちら様でしょうか？」

一応、年上ならば敬語を使うべきか考えたあと、そう口にしたら、向こうは不服そうな顔をして言う。

「こっちが質問してるんすよ？　質問を質問で返しちゃいけないっすね～。あ！　あんたがスワさん？」

あぁああああああ！

なんかイライラする！

なんだかこう、人と会わず職場に入り浸り、風呂もマトモに入れず仕事一辺倒な社畜のようでいて、言葉使いがなってない年上ってなんだ⁉

なんなんだ⁉

外出る時は髪切れよ！　髭剃れよ！　敬語使えよ！

お前、社内メールとかもそんな感じか⁉

むしろ人と会わなくて良いような職種か⁉　機械だけを相手にしているのか⁉

私がイライラしていると、相手をする必要はないと言うように、フェスが私の手を引いた。

流石フェス、本当に色々察してくれる。

「スワ様。夕食のご用意をお手伝いいたします。早く入りましょう」

「あ！　そうだね！　今日は唐揚げを作りたいんだった」

「唐揚げ⁉」

私の言葉にいち早く反応したオッサンの目は、とても輝いているように見えた。

「唐揚げ！　唐揚げ食いたいっす！　手伝えば食べられるっすか⁉」

目の前で両手を合わせ、拝むように言うオッサンを無言で見ていたら、いきなり膝をつき頭を下げ始めた。

「頼みます！　唐揚げ食わせてください！」

「えぇええぇ⁉」

「日本の心、土下座」

土下座に慌てた私だが、シロの言葉で少し冷静になる。

フェスやルークは、頭を地面につける姿に困惑しているようだが、シロが土下座について自慢げに説明を始めた。

うん……罪人による心からの反省と謝罪か……

シロによる、いきなりの罪人扱いに驚く。

というか歴代聖女！　シロになんてことを教えているんだ！

「スワは私だけど……あなた日本人？」

「っす」

私の言葉を肯定して、オッサンは立ち上がった。

「棚瀬《たなせ》暁良《あきら》。アキって呼んで！　年は四十！　職業は自宅警備員！　社会経験ゼロ！　で？　どうすれば唐揚げ食えるっすか⁉」

あまりの情報に、脳がフリーズした。

人と会わないような社畜ではなく、社会経験なしの自宅警備員……だとしても！　敬語くらいはどっかで覚えよう！　四十歳になるのだったら！

というか……ここに日本人が居るということは、召喚されたってことだよね？

一体なんのために、オッサンを呼び寄せた⁉

「……望んだものを呼び寄せる魔法陣……だったよね？」

「スワ様。自宅警備員とは、働かず家にこもって、外に出ない人のことですよね？」

思わずシロと、チベットスナギツネのような顔になり、情報を照らし合わせる。

うん、間違ってないよね。私の認識が間違っているわけではないよね。

馬鹿王子が勇者を呼び寄せるんじゃない〜？　なんてフラグを先ほど立てたばかりな気がするけれど、これが勇者には見えない。

完全なる、ただの引きこもりだ。

「……なにがしたかった。エリアス……」

「あ～……考えるのも疲れる」

私とシロの言葉から色々察したのか、フェスはこめかみを押さえ、ルークは掌を額にあてて天を仰いでいる中、何故かアキが率先して家に入ろうとする。

「唐揚げ！　唐揚げ！　家に入るっす！　……家？　城？」

唐揚げが待ちきれない子どものようだ。四十歳なのに。

いや、それか食生活で苦労していたのだろうか。

いつからこっちに居るのかは知らないけれど。

もし苦労していたならば……と多少の同情心が湧いてしまう。

マシになってきているこの世界の食生活だが、やはり元いた世界の水準を考えると、物足りないのだ。

警戒心がなくなったわけではないが、フェスやルークには視線で合図し、城に入れた。

「じゃあ薪割りしてもらおうかな。腰に剣をぶら下げているし。フェスは肉を狩ってきてほしい。ルークは揚げものができるように魔道具や材料を用意しておいて。あと、手が空いたらサラダの用意も。シロ、クロ、おいで～」

揚げものはやはり皆に好評なので、温度を一定に保てるような魔道具を、以前ルークに作ってもらったのだ。

とりあえず食事の用意を二人に任せつつ、私はシロとクロを護衛につけて、アキに薪割りを手伝ってもらうことにした。

薪割りなら無難で、特になにかされるわけでもないだろう。

切りつけられても、この一羽と一匹がいるなら大丈夫だ。

そう思い、森に近い裏庭の一角にある、薪割りができる場所へ行く。

魔道具で生活が便利になってきているとはいっても、まだ薪は欠かせない。

カンッ。

カンッ。

カンッ。

リズミカルに薪割りの音が響く。

「おぉおお」

思わず感心した声をあげる。

細い身体なのに意外と体幹はしっかりしていて、身体がブレることもなく、綺麗なフォームで剣を使い、薪を割っている。

そして、危なっかしい剣の使い方でもない。

ボーイスカウトにでも入っていた？　山奥で暮らしていた？　と聞きたくなったが、それでも剣を使うことは、そもそもないだろうということに気が付く。

使うのは、ナタとかオノなのだ。

会った時に感じたアキのイメージと、この逞しさに、なにかアンバランスさを感じる。

「なにをやってるんだ！　お前は!!」

そんなことを思っていたら、いきなり罵声が飛んでくる。

聞いたことのある嫌な声に視線を向けると、懐かしいとも思いたくない、金髪に翠の瞳をした煌びやかな青年がそこに立っていて、怒りを顕《あらわ》にしていた。

「唐揚げ食う為のお手伝いっす！　エリアス王子！」

「ふざけるな!!」

一応まともに言葉のキャッチボールができている……のか？

第一印象からずっと最低最悪な、第一王子エリアス・ヴァン・ダレンシア。

王太子の座を下ろされてから、なにをしているのか知らないけれど、やはりアキの出現に絡んでいたのか……

召喚したのは、こいつで確定だと、思わず深いため息が出る。

それが聞こえたのか、馬鹿王子が怒りの矛先をこちらに向けた。

「この偽聖女が！　お前のせいで俺がこんな苦労してるんだぞ！」

私のことを未だ偽聖女だと言っているのは、アンタだけだ。

と、言い返す気力もなく、またため息をついた。

私の肩でシロが怒り狂っているのが分かったので、こんなのに関わったら疲れるだけだよという気持ちが伝わるように、シロの頭を撫でた。

そんな私の態度に、エリアスはさらに怒りを募らせたのか、肩を震わせながら、今度は木陰で寝ていたクロを睨《にら》みつけた。

「この魔王が!! 人間の敵め!!」

そう言って剣を抜こうとするエリアスに、私は反射的に近くの石を拾い、手に向けて放った。

「痛っ!」

「ふざけんな? クロに手を出すなら、私が相手するよ」

見事に命中し、エリアスが剣を抜くことはなかったが、よくもまあ私を怒らせてくれたなと思う。

威圧するかのように、火の玉が周囲を囲むイメージをして出現させ、一歩踏み出すと、エリアスが怯えながらアキのほうに向かった。

「なにを呑気に薪割りなんてしてるんだ! お前が魔王を倒すんだろうが! もういい! 帰るぞ!!」

「あぁああ〜〜!! 唐揚げ〜〜〜!!」

エリアスに引きずられて、アキが敷地から出ていくのを見ながら、私は考える。

まさか、アキが勇者? 勇者なの?

でも、オトちゃん召喚の時に、変なことを考えていたから、聖女じゃないものを呼び寄せてしまった前科があるわけだし。

今回は一体……?

斜め上すぎる行動を起こすエリアスに対して、今後の予想が全くできない私は、天を仰いで現実逃避の言葉を呟いた。

「あー……世界旅行に出たい……」

「スワ様！　報告します！」

「嫌だ、聞きたくない……」

エリアスの襲撃から、シロがスパイしてきますね！　と、毎日喜々として出かけるようになり、今日はなにか情報を仕入れてきたようだ。

頭痛を起こす気しかしないので、聞きたくないのが本音。

フェスやルークの視線も、どこか明後日の方向を向いている。

きっと同じことを思っているのだろう。

「なんと！　聖剣を取りに行くそうです！」

そんな私達の雰囲気に気がつかないシロは、褒めてくださいと言わんばかりに、大きな声で報告をする。

「……聖剣？」

「……魔王を倒す為の？」

私の不安を感じとったのか、フェスも言葉を付け加えるようにシロへ尋ねる。

確か、魔王を殺せるのは勇者が扱う聖剣だけという話だ。

ならば……アキは、本当に勇者として召喚されたのだろう。

……クロを討伐するために？

「はい！　その聖剣を取りに行くと、嫌がるオッサンを引きずって、馬鹿がドラゴンの谷へ向かいました！」

「ぶはっ！」

オッサンに馬鹿で通じてしまうことに思わず吹きだし、暗い雰囲気がシロによって和んだ。

……けれど、言葉遣い!!　可愛い顔して、なんていう言葉遣いなのよ、シロ！

「シロ、言葉遣いを直しましょう」

「なにか、おかしかったですか？」

「違和感しかない！」

歴代聖女はギャップ萌えとか居たのか!?　それとも遊んでいたのか!?　それにしても酷い!!

「分かりました。細いおじ様は、脳が足りない少し筋肉質な人に連れられて危険極まりない谷へ向かいました」

「いや、違うから！　そうじゃない！」

もう毒しか感じないシロとやり取りしていると、考え込んでいたフェスが口を開く。

「……ドラゴンの谷と言いました？」

「え？　ドラゴンの谷!?」

「はい、ドラゴンの谷です」

フェスの言葉にルークも驚くが、シロは冷静に返事をする。

ん？　スルーしていたけど、ドラゴンの谷？

「……ドラゴンって強いの？」

「……強いな」

「……強いですね」

微妙な空気が漂う。

「……とりあえず、ドラゴンの谷へ行って、様子を見ますか……？　勇者の実力や人となりも気になりますし」

フェスの言葉に異議なしと言わんばかりに、私はキッチンへ向かった。

色々と携帯食やクッキー等を作る為だ。

「これ以上、面倒なことにならないと良いのだけれど……」

私の呟きが聞こえたのか、フェスやルークが大きく頷いているのが見えた。


ルークの鞄にサンドイッチやおにぎり、唐揚げに卵焼き、クッキーやシフォンケーキ、レモン水やハーブティーなど様々なものを詰め込んで、やってきたのはドラゴンの谷。

とある岩山の入り口が深い谷となっていて、洞窟の中に聖剣が封印されているという。

ほとんどむき出しになっている岩山は、谷のある場所以外は切り立った崖となっていて、クライミングで登るんですか？　と言いたくなる。

とりあえず私達は、岩山の入り口となるだろう谷に転がっている大きな岩に身を隠して、二人が現れるのを待っている。

「本当に、ここに聖剣があるの？」

「場所までは私も知りません」

「言ってるのがアレだからな～」

とうとうルークまで、エリアスをアレ呼ばわりした。

エリアスとアキが向かったといっても、場所的に馬車なら一週間はかかる。

シロなら一時間もかからないだろうということで、準備は十分にできた。

勿論、宰相《さいしょう》にしっかり報告して、裏から手を回した上で国王に釘を刺すのもお願いした。

息子に対して甘すぎというか、もうなんというか……

こんな人様に迷惑しかかけない奴を野放しにすんな、と。

そんなことを考えながら見ていると、谷から岩山へと入っていくエリアスとアキの姿を捉えたと同時に、二人の頭上を大きな鳥……とは違うものが飛んでいるのが見えた。

「うわぁ～！」

「スワ様」

初めてドラゴンを見て、喜び叫びそうになった所を、フェスが私を後ろから抱きしめ口を塞いだ。

「お静かに。二人にだけでなく、ドラゴンにまで見つかってしまいます」

いきなり近距離にフェスを感じて、鼓動が一気に高鳴ったのが分かった。

フェスの体温と、服の上からでも分かる厚い胸板の感触が私の背中から伝わり、剣だこのできた硬い掌の感覚が唇を覆っている。

男の人と近距離で接するなんて、どれくらいぶりだろうと軽くパニックを起こす。

それなりに良い年齢だし、少女のようにキャーなんて羞恥心等があるわけでもない。

まして、フェスとは一緒に住んでいる。独身なのに心がすっかりオバさん化していて、彼を男性として意識していなかったのは認めよう。

だって社畜だったからね！　そんなの考えている暇も、心がときめく余裕もなく、仕事仕事で、言ってみれば女として枯れていた。

そう、枯れていたことを思い出すほど、近くに男性が居るということを、今更ながら意識してしまった……

しかも自分の同じくらいの年齢で、がっしりとした体型に整った顔立ちの男性。

いや、本当に今更ながらなんだけど!!

「……スワ様？」

全く動かなくなった私を不思議に思ったのか、フェスが私の方を向くと、フェスまでも一瞬固まった後、すぐさま頭を下げた。

「申し訳ございません!!　軽々しく触れてしまいました!!」

「いや、うん。良いよ」

そんなので怒ったりはしない。というか、そんな年齢はとうに超えている。

「なんか、そっちの世界って……男慣れしてる？」

ふいにルークがそんなことを聞いてきた。

確かにオトちゃんの行動もあったからなぁ。

「……婚前交渉してても、おかしくないかな？」

人それぞれの感覚もあるだろうし、結婚するまで貞操を守るという人もちゃんと居る。

妊娠だけでなく感染症などの観点からも、性に奔放にならないほうが自分の身体、ひいては命を守る行為に繋がるわけだけれど……

なんてことを考えていると、目を見開いて呆然と突っ立っているルークとフェスの姿があり、この世界の倫理観はまだよく分からない。

「ひぃいい！　怖いっすよぉ〜!!」

「えぇい！　離せ！　盾にするな！！」

そんな私達をよそに、岩山の入り口付近から慌てる二人の声が微かに聞こえ、そちらに視線を向けた。

まだ入り口付近に居る二人だが、アキは空飛ぶドラゴンに怯えて、王子であるエリアスの背中に隠れて服を掴み、エリアスを前に押し出すようにしている。

「あ、良かった。ドラゴンにはまだ見つかってないみたいね」

まだ衝撃に固まった状態だった二人も、私の声で我に返り、先を行く二人を見守る。

ルークが異世界とは……と呟いているし、フェスに至ってはそんな……なんて言っている。そこまで衝撃を受けるほどなのだろうか？

価値観が違えば、まぁそうなるのかな？

深く考えることを止めて、隠れながら二人の後をつけていった。

二人もドラゴンから隠れるように、岩陰等に身を潜めながら進んでいく。

「二人だけなの？　護衛とかはいないの？」

私は今更ながらの疑問を口にした。

「陰で動いているなら、まいてきたんじゃ？」

「こんなところに外出を許すような護衛はいませんね」

「行動を制御されているのか」

話をしながらも、しっかり二人の姿を目で追う。

というか、これは近づきすぎたら、私達の隠れる場所がなくなって向こうに見つかるのではないか？

二人の姿が見えなくなるまで待機してから、フェスやルークを見ると頷いたので、少しずつドラゴンの様子を見て、隠れながら距離を詰める。

『スワ～』

「スワ様？」

二人だけでなくドラゴンにも気をつけながら進む私に、腕の中に居るクロと、肩に居るシロが首を傾げている。

「シーッ。静かにしないと、ドラゴンに見つかっちゃうからね？」

『えー？』

「なにか問題が？」

いや、あるだろ。

戦うのか？

魔物でもないし、害もないけれど戦うのか？

縄張りを荒らしているのは私達のようなものだぞ？

怪訝な顔をしながらも、クロの頭を人差し指でツンツンとつついて、もふもふを堪能する。

『コンナトコロデ、ナニシテルノ？』

「へ？」

ふいにカタコトの声が後方から聞こえた。

「スワ？」

「どうかしましたか？」

『ニンゲン？』

ルークとフェスが、どうしたと私を見てくるが、更に声は続けて放たれている。

気のせいではなく……二人には聞こえていない？

視線を二人の更に後方に向けると、そこには小さなドラゴンが居た。

「……っ!?」

驚き息を飲んで固まっていると、フェスとルークも私の視線を辿り、二人もドラゴンを見つけると息を飲んで、警戒心を出しながら私を守るようにドラゴンとの間に入った。

『珍しいね～！　ドラゴンの赤ちゃんとか！』

『……マオウ？』

フェスやルークは、クロとドラゴンの声が聞こえなくても、会話しているのに気づいたのだろう。

三人で見守っていると、シロがその会話に入った。

「古龍の赤ちゃんね」

その言葉を聞いたフェスとルークは、警戒心を出すどころか完全に固まった。

しかし、そこはフェスとルークだ。

すぐ我に返ると、シロに視線を合わせ、口を開いた。

「シロ様？　今、なんとおっしゃいましたか？」

「気のせいじゃなければ、とんでもねー名前を聞いたような気が……」

「古龍よ」

なんとか言葉を発した二人に対して、シロはなにを言っているのだと言わんばかりに、再度同じ名前を返す。

「古龍？　強いの？」

『ツヨイヨー』

私の質問に古龍が返事を返し、嬉しそうに周囲をくるくると飛ぶ。

そんな可愛い古龍の赤ちゃんに対し、ルークが額に手を当てながら教えてくれた内容によると……

曰く、古龍とは、太古から存在するドラゴンよりも高位で、果てしない寿命と桁外れな強さを持っているが、その数が少なく目撃情報もほぼなくて、古文書の情報で存在を知れる程度の生き物とのことだ。

「それの……赤ちゃん……どっかで種を繋いでいるのか……」

「調べたい……調べたいが……」

「ワイバーンと、どっちが強い？」

「『古龍』」

及び腰になっている二人に対し、念のため問いかけると即答された。

ですよね～なんて思うが、シロとクロは古龍に対し、全く物怖じしていない様子だから、色々と価値観が分からなくなってしまう。

まだまだこの世界を理解していない赤ちゃん脳な私としては、苦笑するところでもあるのだけれど……

すりすりと擦り寄ってくる一羽と一匹を見ていると、そんなのもう吹き飛んでしまう。

「あ～もう、可愛いな～！」

安定の可愛さに幸せを感じていると、古龍は私の頭に乗ってきた。

『ニンゲン、コトバワカル？　ヤサシイチカラ、アル』

「聖女様ですからね！」

何故かシロが胸を張って答えるが、いつものことなので、もうスルーだ。

『ウレシイ！　テツダウ！　コノサキ、イワバ、タクサンアル！』

「では早く追いかけましょうか」

隠れられる場所があると聞いて、二人が離れる前にできるだけ距離を縮めようと追いかける。

古龍の言葉が分かるのも、聖女の仕様なのだろうか。

嬉しいのか、頭上で古龍が身体を揺らしているのだろう、首まで振動が思いっきり伝わってくる。

「聖獣はともかく……魔王に……古龍まで……なんだ、これ」

ルークの呟く声が聞こえたが、絶賛スルーさせてもらう。

またしても規格外だとでも言いたいのか!?

そんなことを言われても、この世界の普通を私はまだ理解していないし、そもそも動物？　と話せるなんて、私としては嬉しい。

更に、懐かれているなら、喜んで受け止める以外に選択肢なんてないだろう！

そう考えながら歩いていると、ふとフェスが足を止めた。

「……居ましたね」

切り立った岩場を歩いている二人を見つけた。

二人はドラゴンから隠れながら進んでいるが、あの付近は身を隠せるような大きな岩がほとんどない。

二人はちょっと離れた岩まで走ろうとしたのだろう、その瞬間アキが転び、ドラゴンに見つかった。

「あっ！」

思わず声が出て、助けに入ろうかと思ったが、フェスに腕を掴まれ駆け出すことはできなかった。

「もう少し様子を見ましょう」

今日はフェスが近い！　近すぎる！　近い近い近い!!

耳元で囁かれて、落ち着いて様子を見るどころか、パニックになって叫びそうになるのをグッとこらえていたのだが、アキのとった行動に呆然としてしまう。

「すんませんっしたぁああ!!」

ドラゴンがアキ達に向かって降下してこようとしているのに対し、アキが取った行動は土下座。

まさかの土下座。

そしてそこ、切り立った崖の近く。

「申し訳ないっす……あぁああぁあ!?」

「おまっ!?　なにを……あぁあああ!?」

ドラゴンの羽ばたきによる風圧が生じる。

土下座して身体の高さが低くなっていたとはいえ、二人の身体はぐらつき、アキは崖の方へ放り出されそうになった。

その瞬間、アキは咄嗟《とっさ》にエリアスを掴み、二人して崖下へ転落して岩の隙間に転がり込んでいった――

「「…………」」

ほぼ一瞬のことで、助けるとか以前に、土下座から転落まで綺麗なフォームを描いていたように見えただけだった。

襲おうとしていたドラゴンも、一瞬呆気に取られていたが、追いかけることもなく、そのままどこかへ飛んで行った。

まぁ、追いかけようもないだろうけど。落ちたのが岩の隙間だし。

「……二人とも体幹、鍛え直した方が良いんじゃない？」

「エリアス……鍛錬サボったな……」

「てか……土下座だっけ？　あれ……」

思わず明後日な方向となるコメントを述べた私とフェスに比べ、ルークの言葉に日本人として悲しみを感じる。

土下座は本来、あんな風に使うものじゃないと思う……

そんなことを思っていると、頭が軽くなった。

どうやら、古龍が私の頭から移動したようで、目の前にくる。

『ドウスル？』

「あ～……。実は聖剣を取りに来た二人を見守っていたんだけどね」

隙間まで追いかけるか？　と二人に視線を向けると、古龍が更に言葉を続けた。

『セイケン！　ツルギ！　シッテル！』

「え!?　場所を知ってるの!?」

私の言葉で、フェスとルークは古龍を見つめ、驚いた表情をした。

シロが私の肩からフェスの肩へとうつった。

どうやら二人に対し、通訳をしてくれるようだ。

『アソコ、チカミチ。コッチカラモ、イケル』

どんな強運かは知らないけれど、二人が落ちた隙間は近道のようだ。

といっても、普通に進もうと思うなら、あんな崖下の道なき場所にある隙間なんて、行ける筈がない。

二人の見守りはどうしようかと首を傾げていると……

「……どうせ進む場所は同じなわけだし」

「二人もドラゴンから見つからない場所を歩いているわけですし、無事に辿りつくでしょう」

ルークとフェスの意見を聞いて、私も頷いた。

「迷子は放置で！」

私達は、古龍に聖剣のある場所まで案内してもらうことにした。


古龍に案内された先は洞窟の中にある空間で、ついた途端に私達は目を見開いて、その光景に感嘆の声をあげた。

「うわぁあああ〜〜〜」

「これは……」

「すげぇ」

周囲は光り輝く水晶のような物に囲まれ、奥には水晶が溶けたかのような泉が広がっている。

そんな幻想的な光景に、しばらく見入ってしまっていた。

『アレ、セイケン！』

そう叫ぶ古龍の視線を辿ると、中央に一際大きな水晶があり、そこに剣が刺さっていた。

『凄い～！』

「綺麗ね！」

シロが私の肩から羽ばたき、クロも私の腕から抜け出して、駆け回る。

自然の美しさとは違う、不思議な光景に心を洗われたかのような気持ちになる。

そんな中、テンションが上がってはしゃぐ一羽と一匹を見ていると、緊張とか厳かな雰囲気とかとは別に、安心したような気持ちになる。

聖剣が刺さっている水晶がある辺りが空間全体を見渡すのに丁度良く、フェスやルークと共に向かうと、椅子としてちょうど良さそうな水晶がいくつかあるのに気がついた。

「座って良いのかな？」

『イイヨ！』

古龍がそう言うのであればと、遠慮なく座れば、私の膝の上で古龍が羽を休めたので、撫でさせてもらう。

赤ちゃんだからだろうか、鱗《うろこ》は硬い……というよりは、若干産毛が生えている？　という感じで、肌もぷにぷにで気持ちいい。

「食べられる？」

つい餌付けしたくなった私は、鞄からハーブを練りこんだ柔らかい白パンを取り出すと、古龍の目の前に差し出した。

古龍は少し匂いを嗅ぐと、問題ないと判断したのだろう。

パンをひとくち口に含んだ後、あっという間に全部食べた。

『オイシイ！』

「あっ！　ずるい！」

『ごはん～！』

古龍が嬉しそうに声をあげると、シロとクロもご飯が欲しいようで駆けてきた。

うん。可愛い。

「みんなでご飯にしようか」

この世界に、お弁当箱やタッパーといった物がなかったので、ルークに頼んで箱のような物を作ってもらったのだ。

鞄から、その箱を取り出し並べていく。

これがあるおかげで、おかずが色々詰められるようになった。

が、皆食欲旺盛なので、一人に一つのお弁当箱ではなく、一つの大きめの箱に一種類のおかずを大量に詰めている……という感じだ。

蓋を開けていくと、古龍が必死に匂いを嗅いで身を乗り出している姿に、嬉しさを覚える。

「食べて良いよ！」

そう声をかけると、三匹は見事にがっつき始め、追うように私達も食べ始めた。

遠慮しているとすぐ無くなってしまうほど、食事は早いもの勝ちなのだ。

綺麗な景色に囲まれたピクニックだな～なんてほのぼのしているところに、聞き覚えのある声が響いた。

「ご飯の匂いっす！」

「……あ」

そういえば、アキと馬鹿王子の跡をつけていたのだった……忘れていたわ……

「なんで、お前等が居るんだ!!」

アキの後ろからエリアスも現れ激怒しているが、アキはそんなことを一切気にせず、私達のほうに来て座った。

「いただきますっす～！」

「はぁ!?」

そう言って食事を始めたアキに対して、驚きの声をあげたのは私達ではなく、エリアス。

というか、誰も食べて良いなんて言ってない……ダメとも言ってないけどさ。

食べて良いですか？　とか、そういうお伺いはないのかね？

「故郷の味っす～！　嬉しいっす～！　感激っす！」

「それは……どうも？」

アキは嬉しそうに言うが、私は反応に困る。

良いとも言ってないのに食べられている料理、そして激怒しているエリアス。

しかし、故郷の味が懐かしくなってしまう気持ちは、激しく理解できる。

オトちゃんが此処にいたら、きっと盛大に頷いていただろう……

一羽と二匹は我関せずと食べ続けていて、フェスやルークは顔をしかめている。

どう対処すべきか考えているのだろう。

そんな中で最初に動いたのは、やはりエリアスで、怒り満載の表情をしながらアキの方へ歩みを進めてきた。

「ふざけるな!!　とっとと聖剣を抜け!!」

「ぐふっ!?」

食べることに夢中だったアキの襟を掴み上げて立たせると、そのまま聖剣のほうへ放り投げた。

結構、力あるのね。馬鹿王子なのに。

と思いながらも、他人事のようにその光景を見ていた。ちなみに、フェスやルークも食事の手を止め、いつでも動けるように構えているが、一羽と二匹は未だに食べ続けている。

……残しておいて……くれないよなぁ……

アキは不満の声をあげつつもノロノロと立ち上がり、聖剣の柄に手をかけるが、微動だにしない。

「なにをしている！　とっとと抜け！」

「こんな硬いもんをっすか⁉」

エリアスの声に、アキは必死に力を入れて踏ん張り奮闘しているが、剣は台座から一ミリたりとも動いている様子がない。

アキは顔を真っ赤にしながら試行錯誤して抜こうとするも、限界がきたのか、その場に膝を突いた。

私は思わずアキの側に駆け寄り、しゃがんで果実水を差し出した。

馬鹿王子に付き合わされる、健気な人にしか見えない。

「あざっす！　なんかもう無理やり漫才の舞台に立たされてる感じっすよ～」

「あぁ……確かに」

盛大に滑っている舞台を見ている感じはする。

こちらとしては、憐れみすら感じるほどだが……よく付き合っていられるな、とも思う。

いっそもう頑張れ！

ふと視線をあげると、怒りから顔を真っ赤にして身体を震わせているエリアスが、クロのほうへ向かっているのが見えた。

「魔王を従えた偽聖女め！　せめて魔王を殺せ‼」

「クロ！」

急いでクロに駆け寄ろうと、聖剣を掴み、支えにして立ち上がろうとしたら、いきなり支えがなくなり前のめりになる。

転ばないように踏ん張るも、手にはなにかを掴んだままだったため、視線を下げれば、しっかりと聖剣が握られている。

台座から抜けた聖剣だけが……

「え？」

「……スワ様……」

「……規格外……」

「怪力っすか？」

思わず、台座と剣を見比べるかのように視線を彷徨わせていると、フェスやルークの呆然とした声が聞こえた。

なんか、尊敬を交えたアキの声も聞こえた気がするが、内容的になかったものと処理したい。

女性に言う言葉ではないよね。失礼すぎる。

「はぁあああ!?　おまっ……お前！　なにをしたーーー!!」

驚きで動けなかったエリアスは、我に返ったようで、私を指差して目を見開きながら叫ぶ。

食事を終えた一羽と二匹は各々、器用に耳を塞いでいる。

周囲を水晶で囲まれている洞穴のような空間の為、だいぶ声が反響して五月蝿い。

「ありえん！　ありえんぞ!!　俺は認めない!!　アキ！　聖剣を持って帰るぞ!!」

「はっ？　え？」

「早くしろ！　それは俺たちのものだ!!」

まぁ、私のものかと言われると謎だけど、馬鹿王子のものかと言われても……

いや、国のものだとしたら、どうなるのだろう？

王族のものになるのは、正解なのか？

私は抜いただけだし。

いや、持ち主不明の落としものを拾ったならば？　軽く数百年前のものだとしたならば、私のものとして良いのか？

そもそも勇者が扱う聖剣なのだよね……？

これ、アキが扱えるのか……？

そんなことを考えていると、こちらを縋るような目で見るアキに気がつき、私は無言で剣を差し出した。

アキに扱えるとも思えないし、エリアスに付き合わされているだけで、今まで私達に敵意を見せたことはないどころか、どちらかといえば友好的だ。悪いことにはならないだろう。

できれば聖剣は王城で保管しておいてほしいが。

剣を差し出した私の意図に気がついたのか、アキは剣と私に視線を彷徨わせ、剣を受け取ると、頭を下げて馬鹿王子の元へ駆けていった。

「あざっす」って呟きが聞こえた気がしたけれど……

なんかもう……馬鹿王子から引き離して保護したほうが良いのかな？　なんて思えてくるほどに、同情してしまう。

けれど、助けを求めるでもなく、エリアスに従う姿勢を見せていたということは、今の状態を甘んじて受け入れている理由があるということなのだろうか。

「……考えすぎかなぁ」

「だろうな」

「マトモな思考回路では理解できませんよ」

二人の背中を見送った後に、ポツリと呟いた私の言葉に隠された意味を悟ったのか、ルークとフェスから同意するかのような言葉が返ってきた。

うん、だよね。

「帰ろっか」

『カエルノ？』

そう言って、食事の後を片付けようとしたら、古龍が瞳を潤ませて聞き返してきた。

「帰るよ？」

『サミシイ』

持ち帰って良いですか。

もふもふじゃないけど飼っていいですか。

思わず手を差し伸べようとしたところ、私の気持ちなんてお見通しだと言わんばかりに、フェスが首を横に振っているのが見えた。

珍しいんですよね、古龍ですもんね。自重します。

古龍も古龍で、小さいながらも自分の立場を理解しているのか、左右にウロウロ飛んで考えていたかと思うと、なにか閃いたのか、目を見開いて私のほうへ飛んできた。

『カゴ、アゲル！　ヨンデ！　バショ、ワカル！』

カゴ？　籠？　加護か？

キラキラと光る粒子が私の頭上から降り注ぎ、身体へ吸い込まれるかのように消えていく。

呼んだら来てくれると？　場所が分かるって、それどんな発信機だ。

なんて思っていたら、フェスやルークが喉を鳴らし「古龍の加護……常識ってなんだろうな……」なんて呟くのが聞こえた気がする。

え？　この世界の常識とか分かりませんって。逃げて良いですか。


エリアス達が聖剣を持ち帰った、事件とも呼べない日から一ヶ月ほどたったが、今のところ問題はなにも起きていない。

寂しそうにする古龍にお別れを告げ、ドラゴンの谷から無事帰ってきた私達の日常も、特に変わりない。

ハーブを育て、商人と取引をし、新しいレシピを開発し、穏やかで平和な日々だったのだが……

「お会いしたかった！　スワ様！」

「帰れ、チャラ男」

アレス王太子殿下《でんか》に憑いてくるわけでもなく、何故か一人で、デニス・イワノフ公爵令息《こうしゃくれいそく》が訪れた。

ガキのチャラ男って、どう扱って良いのか分からないのに！　いや、でも他の二人もどう扱って良いのか分からないな……

三人揃ってないから、まだマシと思うべきか……

こめかみを押さえていると、イワノフ公爵令息《こうしゃくれいそく》が、今まで見せたことのない真剣な表情に変わった。

「冗談はここまでにしましょう。緊急事態が発生いたしまして、私以外動くことができなかったことをお詫びいたします」

雰囲気から周りの空気まで変わったイワノフ公爵令息《こうしゃくれいそく》を、思わずジッと観察してしまう。

そんな私に対し、彼は少し苦笑をもらして、トリプルトラブルメーカーの有能さを語り始めた。

ワジム・ベロフ侯爵令息《こうしゃくれいそく》はフェスに惚れ込み脳筋な上、勉学や色恋、三度の飯より剣が好きというタイプだが、その実力は素晴らしいものだとか。

しかしながら、侯爵令息《こうしゃくれいそく》という肩書きが足枷となり、実践経験が乏しい為に、騎士としての成長は頭打ち状態にあると。

オレグ・フテイ伯爵令息《はくしゃくれいそく》は聖女に対して盲目すぎてどうしようもないが、次期大神官ということもあり、医学や薬学等の知識は豊富とのこと。何事にも平等で公平な為、全てにおいて中立の立場で物事を見る力もある。

イワノフ公爵令息《こうしゃくれいそく》も女遊びと称し、その肩書きをも存分に使って、情報収集をしているそうだ。

だが、最後にボソリと女の子好きだから趣味でもあるんだよね、なんて呟いた為、私も呟き返した。

「いや、だからそれが大問題なんだって。関わりたくないわ～」

その呟きは狙った通り、しっかりと耳に届いたようで、一瞬呆気にとられていたが、その後に笑いだした。

「スワ様に関わりたいと思っていただけるように精進しますね」

「うわ、ウザイ」

手を握ってきたので本気で嫌そうな顔と口調で返すと、イワノフ公爵令息《こうしゃくれいそく》はそのまま手を口元へ持っていこうとした。

思わず手を引っ込めようとしたところで、フェスがイワノフ公爵令息《こうしゃくれいそく》の手を掴んで止めてくれる。

助かった。

「冗談がすぎるな。大事な用件じゃないのか」

「っ！　……申し訳ありません」

王弟としての顔をしているフェスだが、その目はどこか射抜くような冷たさがあった。

だいぶ強い力で掴まれているのか、イワノフ公爵令息《こうしゃくれいそく》は一瞬痛みで顔を歪ませたように見えたが、すぐに立て直し、私の手を離すと謝罪の言葉を口にした。

「それで……？　どうしたの？」

一応、話は聞きますよ？

私の言葉に、イワノフ公爵令息《こうしゃくれいそく》は、気を取り直して話を始める。

どうやら王城で不穏な動きが増えてきているようで、アレス王太子殿下《でんか》は迂闊に出歩けず、護衛の人数も増やしたらしい。ベロフ侯爵令息《こうしゃくれいそく》はその護衛としての招集がかかったそうだ。

魅了の件があり使い物にならない時もあったそうだが、魅了が抜けてしまえば戦力としては十分だと。

オレグは民達の心に寄り添い、なにかあれば民達を逃がす為に準備をしつつ、動向を見守っていると。

「不穏な動きとは？」

私が言うより先に、フェスが言葉を投げかけた。

気のせいでした、と言うレベルでも、王族を守る為に動くのは理解できるものの、一体どんな動きがあるというのだろうか。

イワノフ公爵令息《こうしゃくれいそく》は、真剣な瞳をして語り出す。

第一王子が居場所をなくした状態になっていたが、一部の貴族が擦り寄っていると。

その貴族達は、汚職や横領など繰り返すよろしくない方々で、勿論尻尾を掴ませない。

そして王城にフードをかぶった見覚えのない男が出入りしていて、第一王子が隠れて外出していること。

そもそも、第一王子は離宮に篭ることが多く、なかなかその動きを把握しきれなかったらしい。

そして、どうやら召喚の間を使用された様子があることなどを教えてくれた。

「そんなに集まるとは、どういうことだ？」

王都上空にどんどんと瘴気《しょうき》が集まってきて、渦巻くほどになりそうな状況ということだ。

そして聖剣のことなども伝えると、イワノフ公爵令息《こうしゃくれいそく》が「じゃあその後からですかね」と言った。

そこまで血痕が残るなんて、召喚の間で一体なにがあったというのか。

「呪文と魔力が必要なだけです」

「召喚に生贄が必要なの？」

「実は、召喚の間を綺麗に掃除したようですが……所々にこびりついた血が残っていたのです。かといって、居なくなった貴族がいるわけでもないですし」

なにがそんなに気になるのだろうかと思って見ていると、少し間をあけた後に口を開いた。

「筋肉ないし、ひ弱だね」

「そんなにひ弱な者なのですか……？」

私からアキの話を聞いたイワノフ公爵令息《こうしゃくれいそく》は、顎に手をかけ、しばし考えこんでから口を開いた。

トップが無能だと、本当に全てが後手後手になるなぁ。

王太子とはいえ第二王子の権限だけでは、細かく監視することも難しかったのだろう。

実際、国王もまだ第一王子を庇っているような所があると聞いている。

どうやら、そこまで把握していなかったようだ。

「アキとは？」

「アキのことね」

フェスが難しい顔をしてそう問いかけるが、私は別の心配事があった。

「クロは!?」

視線を彷徨わせてクロの姿を捜すが、いつも私の側に居るクロが、今は居ない。

そういえば、今日は朝からずっと私の部屋で寝ていた覚えがある。

急ぎ自室へ向かう途中から、シロがクロを呼ぶ声が聞こえ、急ぎ足で向かう。

「クロ！　クロ！　あ！　スワ様！」

「ガル……ガルゥ……」

「クロ!?」

自室の扉を開けると、大きくなったクロが唸っている。

以前見た、瘴気《しょうき》に飲まれそうになっているクロだ。

シロは必死に呼びかけて、クロの意識を戻そうとしていたのだろう。

「やばいぞ！　魔物の様子がおかしい！」

ルークが叫びながら、急いで部屋に入ってきた。

王都と辺境にあるこの村は、それなりに距離が離れているというのに、クロにまで影響が出たのだとしたら、この国にいる全ての魔物はどうなっているのか……

考えただけで恐ろしく、思わずゾクッと背筋が凍る。

「クロ!!」

『だ……いじょぶ……』

苦しそうに呻くクロの周囲を浄化するも、再び瘴気《しょうき》が辺りに漂ってくる。

これでは、浄化しても浄化してもキリがない。

「王都上空を浄化するしかない」

大元を叩き潰す決断をして、呻いているクロの背を、ゆっくりと優しく撫でる。

「ガル……グルル……」

クロは唸りながら、鼻先で私をシロのほうへ押す。

シロに乗って行けということだろうか。

クロの目を見て頷くと、私達は急ぎ王都へ向かう準備を整え、シロに乗る。

イワノフ公爵令息《こうしゃくれいそく》が、どこか楽しそうに嬉しそうにシロに乗ろうとした時、シロが盛大に舌打ちした。

「仕方がないから！　仕方なく！　乗せますけれど!!　本来は乗せてもらえるような人間でないことを重々、重々ご承知くださいね！」

イワノフ公爵令息《こうしゃくれいそく》は、そう念を押すように言われて若干肩を落としていたが、それでも乗れることを光栄だと思ったのか目を輝かせていた。

全員無事に乗ったことを確認し、シロが飛び立つと、後ろからクロも追いかけてくる。

「クロ!?　大丈夫なの!?」

『スワ……守る……』

「いやいやいや！　クロが心配なんだけど!?」

『置いていかないで……』

苦しいからか、悲しいからか、瞳を潤ませながらそんなことを言われたら、なにも返せなくなる。

シロもクロを咎めることなく無言だが、広い道ではクロに寄り添うように、地上付近を飛んでいた。

「瘴気《しょうき》さえなければ……言い換えると、瘴気《しょうき》があるから……」

悔しい。瘴気《しょうき》が憎い。

そんな思いから私が言葉を発すれば、イワノフ公爵令息《こうしゃくれいそく》は、やはり魔王なのですねと呟き、苦しそうに唸るクロになんとも言えない目を向け、歯を食いしばった。

「ガァアアアアアアッッッ!!」

クロは吠えるような叫び声をあげた途端、いきなり王都へ向けて急速に走り出した。

「クロ!?」

「急ぎます！」

とんでもない速さで走っていったクロを、急ぎシロが追いかけてくれる。幸いなことに方向は同じだ。

ただ……走り去る間際に見たクロの目は、血走っていたような気がした。

第六章　渦巻く瘴気《しょうき》

王都に近づくにつれ、上空にある瘴気《しょうき》の渦が視界を覆い、ゴゴゴ……という音まで聞こえる。

まるで真っ黒な雲が集まっているようで、周囲に陽の光なんて入らず、ただただ一帯は夜のように暗くなっていた。

いつもは活気溢れる王都の城下町も、閑散としている。

寂しくなった王都を、少しずつ少しずつシロと周囲を浄化しながら進むも、明らかに瘴気《しょうき》が集まってくる速度のほうが速い。

何故、こんなに瘴気《しょうき》の侵食が早いのだろうかと、焦る気持ちが生まれる。

「スワ様！　あそこ！」

シロが叫ぶ先は、瘴気《しょうき》の渦がある真下。

その辺りから風にのって、獣と砂埃と、それ以上に強い血の臭いが運ばれてくる。

山のように積まれた魔物と血だまりの海。

そして……

「クロ!!」

その中にクロが、なにかに向かい威嚇するような格好で、唸っているのが見えた。

吠えたかと思うと、人のようなものに噛み付きにかかるが、相手は見事な剣さばきで防御すると、クロを弾き返してから斬りかかる。

クロは苦しそうな声をあげている状態だけど、魔王相手にここまで対処できるのは、相当な強さを持つ人物なのではないか。

そう思いながらも近づいていき、砂埃が晴れた瞬間、その人物が誰なのか分かった。

「あれは……っ」

「アキっ⁉」

フェスも驚きに声をあげたが、アキだと断言したのは私が先だった。

魔物達を切り捨てたのもアキなのか。全身血まみれで、クロと対峙しているその表情は、歪んだ微笑みを浮かべている。

しかも、手にしているのは魔王を倒せる聖剣だ。

「クロ！　アキ！」

予想もしていなかった状況に、心臓が痛いくらい早鐘《はやがね》を打つ。

咄嗟《とっさ》にシロから降り、クロの側へと駆け寄る。

一体なにが起きているのか。とりあえず、クロに正気へと戻ってもらうことが先だ！

クロを倒させはしない。

クロを、アキから引き離さなくては！

「スワ様！」

「!!」

ところが、素早いスピードで私に斬りかかってきたのは、アキだった。

私はアキから放たれている殺気に素早く反応し、念のため腰に下げていた剣を抜いて、受け止めた。

アキは怪しく笑うかのように口角を上げると、問答無用で何度も斬りつけてくる。私に意識が向いたのは幸いと思う反面、私を殺す気だというのが、迷いのない剣の動きから伝わってくる。

油断したら殺されるため、必死に受け止める。

現状、互角かもしれない。

体幹もしっかりしていない、筋力もほぼないようなアキの、どこにこんな力があったのだろう。

「こちらはお任せください！」

シロはクロの元で瘴気《しょうき》の浄化に励んでくれていて、苦しそうなクロの声が辺り一帯に響いた。

アキはその雄たけびを聞くと、クロのほうへ向かおうとしたので、私はその前に立ちはだかる。

フェスは周囲の魔物を警戒しつつ私をいつでも助けられる距離に居て、ルークは後方支援ができるように、私とフェスが見える位置に控えている。

まずは……クロを殺そうとしている、アキを抑えたい。

キイインッ!!

金属のぶつかる音が響く。

アキの剣は重いし、こちらが振るった剣も簡単に受け止める。

瘴気《しょうき》が今もなお集まってきていて、時間もないから少し焦りが出てしまう。

「ハハハッ！　殺せ！　殺すのだ、勇者よ！」

聞きたくない馬鹿の声が高らかに聞こえてきて、イラッとする。

いっそ、どさくさに紛れて殺って良いですかとさえ思う。

どんな物騒なことでも、思うのだけは自由だ。

「スワ様！　馬鹿が!!」

シロの叫び声に、視線をエリアスへ向けると、エリアスの身体から瘴気《しょうき》が放たれた。

放たれた瘴気《しょうき》は、周囲から更に瘴気《しょうき》を集め、上空にある渦の中心部へ伸びていく。

「あいつが元凶か！」

馬鹿はどこまでいっても馬鹿なのだと、怒りが込み上げてくる。

エリアスのほうに向かおうとつま先を向けると、その隙を狙ってアキが斬りかかってくるので、それを受け止める。

エリアスやアキに対して魔法をブチ込むのもありだけれど、正直手加減できる自信がない。

剣と剣の押し合いを続けていると、アキの表情が歪んでいることが分かった。

なにか苦しそうで、様子がおかしい。

「……アキ？」

「………スワさん……助けて……」

泣きそうな、苦しそうな、一瞬以前のアキのような顔つきになったかと思ったら、すぐに睨《にら》みつけるような目つきに変わり、口元には歪んだ笑みが浮かんでいる。

その不気味さに思わず飛び退いた。

「なにをやってるんだ！　殺せ！　とっとと殺せ！　殺せ殺せ殺せ殺せ殺せ」

「うるっせぇなぁ。俺は殺しを楽しんでんだよ」

壊れたスピーカーのように叫ぶエリアスに対し、ゴミを見るような目で舌打ちして答えるアキの声は、いつもより低くドスがきいていた。

言ってしまえば別人のようで……別人？

目の前に居るのは、確かにアキだ。そして、先ほどふと見せた表情も、私がよく知るアキのものだ。

だけど……今、目の前に居るのはアキの姿を借りているだけの、なにかとしか思えない。

積み上げられた魔物の屍《しかばね》。殺しを楽しむかのような、不気味な笑み。

「アキ⁉　あんた、なに考えてんの⁉」

知っている人が全く知らない人に思え、混乱して怒鳴る。

私の目の前に居るのは、誰なのか。

へたれのアキからは考えられない、確実に相手を仕留めるかのような、迷いのない剣筋を受け止めていると、さっき聞いたアキの苦しそうな声が聞こえる。

「……助けて……」

「人を操る類《たぐい》の魔法でもあるの⁉」

「そんなのねぇよ！」

思わず叫んだ私の言葉に、ルークが返してきた。

操る……じゃなければ、なんなんだ。

一つの身体に、全く別な人格と思える……二つの……人格？

そう思い、焦る。

まさか、漫画やドラマにあるような……現実では見たことないけれど……

「……多重人格？」

そんな私の驚いた声に、正解だと言わんばかりに、目の前の人物は口角を不気味にあげた。

「おまえも泣き叫んで、無様に血や内臓をまき散らして楽しませてくれるよなぁ？」

否定しないアキの姿をした別人格に、焦りから冷や汗が流れる。

「楽しませるとか、無理」

軽口を叩いて、冷静さを保つ。

そもそも殺しを楽しむなんて、快楽殺人か。

思考が危険すぎて、アキと同じ身体を使っているとはいっても、このまま存在を肯定して良いとはいえない人格だ。

クロを助ける為に、まず瘴気《しょうき》を集めている元凶である馬鹿をなんとかする……には、目の前のアキが邪魔だ。

状況をサッと確かめてみると、フェスは魔物と戦い、ルークは補佐に回っている。

ルークは私の近くで、アキにも警戒しているようだ。

このまま手加減を続けていても、手詰まりだ。

窮地を脱することができないならば……手加減することを止めれば良いのだ。つまり……

「死ななければ、なんとでもな〜る」

「え」

私の声が聞こえたのか、ルークが引きつったような声をあげた。

だって、私は聖女です。例え私が攻撃魔法の手加減ができなかったとしても、生きてさえいれば治せるからね！　多分問題はない！

どんな怪我をおっても、とりあえず生きていればいいのだ！　そんな状態にしてしまうことに良心は痛むけれど‼

私は自分に言い聞かせて、うまくいくか分からないが、二人を押さえ込むイメージを盛大にすると、地面が揺れ、ツタのようにも見える岩のようなものが地面から盛り上がってくる。

「スワ様⁉」

「おまえ、なにを‼」

揺れる地面に対し、フェスは上手くバランスを取り、ルークは片膝を地面につきながら叫ぶ。

私も体幹を上手く使いながら凌いでいるが、出現した岩に唖然としてしまう。

突如現れたツタのような岩に、エリアスは狼狽え、尻もちをついた。

そして岩がエリアスの身体に絡みついたかと思うと、しっかりした岩となり、首から下の身体を固定した。

「なんだこれは！」

「くそっ！」

慌てるエリアスを見捨てるかのようにアキは駆け出すも、ツタのような岩がアキを捕らえるほうが早かった。

アキもエリアスと同じように、首から下の身体を岩に閉じ込められた形となる。

最初は激しく抵抗していた二人だが、岩が締め付けるかのように少しだけ小さくなると、息苦しそうにした後、気を失った。

そんな光景を唖然として見ていたルークは、口を震わせながら開いた。

「……知っているか、スワ。人間の体は圧迫することによって危険な状態になることもあると……」

呟くルークの視線から、つい逃げるように顔を背け答えた。

「知りませんでした………」

そういえば、クラッシュ症候群っていうのがあったなと思い出した。

あれは長時間、瓦礫など重いものに挟まれた後、解放された場合だけど。

確か筋肉が圧迫されると、筋肉細胞が障害を受け壊死を起こして毒性の高い物質が蓄積され、救出で圧迫されていた部分が解放されることにより、血流によって全身へ広がるとか……

「肺……横隔膜……呼吸……血管……」

ルークがブツブツとなにか言っているのを聞き、岩でしっかり首から下の身体が固定されているということは……肺や横隔膜……動けているのかなと気づく。

大がかりな攻撃魔法の練習なんてしていなかったなー。

そもそも攻撃魔法自体、制御が難しい。

これが畑の水遣りなのであれば、問題なくできる！

シャワーミストを思い浮かべて、綺麗にできる！

二人が気絶しているならば解放しても問題ないと判断し、命の危機に瀕する前にと、岩の塊を二人から取り除いていく中、クロの咆哮が聞こえた。

「グァアアアア!!」

「スワ様！　クロが!!」

悲しそうな叫び声に振り向くと、クロが逃げるように去って行くのが見えた。

風に乗って、水滴が宙を待っているのは、もしかして涙だろうか。

シロは、そんなクロを悲しげに見つめ、追いかけるか否か悩んでいる。

今、私の側を離れるのは危険だという判断もあるのだろう。

「クロ!?　待って！」

クロに纏《まと》わりつく瘴気《しょうき》が見え、その度に苦痛に歪んだ声が微かに聞こえてくる。

今のクロは、僅かに残る理性を保つように戦っているのではないかと考え、そのことに胸が痛む。

「クロ!!」

私が叫んでも止まることなく、瘴気《しょうき》に蝕《むしば》まれながらも先へ進んでいくクロの背は、もう小さくなっている。

元凶であるエリアスが気を失っているからか、瘴気《しょうき》が渦を巻いて増えていくことはない。

それならば……苦しんでいるクロを一人にはさせたくない。

「シロ！」

「はい！」

私の意図を感じ取ったのか、シロが私を乗せてくれると、一緒にフェスまで乗ってきた。

「お供します」

フェスに頷きで返すと、シロはクロを追いかけるよう飛び立つ。

祈り願うは浄化。瘴気《しょうき》がなくなること。

クロの苦しみとなっている、瘴気《しょうき》を取り除く。

以前より遥かに強い、光溢れるイメージを。

辺り一帯に蔓延《はびこ》る瘴気《しょうき》の渦を、一気に浄化してしまうほどの光を。

この瘴気《しょうき》の渦により影響が出た範囲全てに届くようにと祈ると、渦がだんだんとなくなり、少しずつ陽の光が差し込んでくる。

「クロがいました！」

「クロ！」

シロの声に前方へと視線をやれば、そこには呆然と佇むクロがいた。

『……すわ……』

潤んだ目でクロは私の名前を呼んで一瞥した後、またしても逃げるように駆け出そうとする。

「なに逃げてんの！　魔王ならもっと図々しくしなさい！」

「家族でしょう！　辛い時こそ甘えなさい！」

シロと私の叫びに、クロはピタリとその足を止め、身体を震わせる。

私はシロから降り、クロの身体を抱きしめ……否、私がもふもふに埋もれ堪能すると、クロは身体をビクリと震わせ呟いた。

『……こわい……』

「大丈夫、クロはクロだよ」

ぎゅっと力をこめ、安心してと言わんばかりに、全身でクロに抱き着く。

『僕のせいでスワが怪我したらって思ったら……凄く怖い。正気じゃなくなった僕が、スワを傷つけたらどうしようって……』

「そうなったら、私がクロを張り倒してスワ様を守ります！　聖獣を弱者扱いしないでもらえます!?」

目にいっぱいの涙を浮かべながら不安げに言うクロに、シロが胸を張って言い返す。

確かにクロは魔王だが、シロも聖獣なのだ。

「逃げ出す必要はないよ……辛い時こそ、頼って。一人にはさせない。クロの居場所はここだよ」

『スワ……うっ』

今にも涙が零れ落ちそうなほどに瞳を潤ませた瞬間、クロはいきなり苦しそうな声をあげた。まだ瘴気《しょうき》が完全に晴れていないから、力に呑まれそうになったのか。

「大丈夫だよ、クロ……だって私、聖女だもん」

「スワ様!?」

私の聖女発言に、フェスは心底驚いた声をあげる。

都合の良い聖女発言だとは思うよ、だってクロの苦痛を取り除きたいだけだから。

そして私は瘴気《しょうき》を完全に浄化する為、必死に祈ると、ふいに身体がぐらりと傾いた気がした。

気のせいかなと思い、早くクロの為にとそのまま祈りを続け、頭上に広がる瘴気《しょうき》を完全に消し去ったところで、目の前が暗転した。

「「スワ様!?」」

身体に風が纏《まと》わりついたかと思うと衝撃が走り、温かいものに包まれ私はそのまま気を失った。


「うっわ！　引きこもりとか！　中二病こじらせてんじゃないわよね!?」

「いや……そういうわけじゃないっすけど」

「喋り方がキモイ！」

「オト、そこまでにしなさい」

五月蝿い声で目が覚める。

サラっとした、馴染みのないシーツの感触に、自室にはない天蓋のようなものから下がっているカーテンのような布がベッド全体を覆っている。

聞こえるのはオトちゃんとアキ、そしてピーターの声だ。

「スワ様～～!!」

「スワさん!?」

シロが私の目覚めに気がつき、頬を擦り寄せてくると、その声に気がついたオトちゃんが駆け寄ってきて、天蓋つきベッドのカーテンを開けた。

一応気を遣ってくれているのか、寝起きの顔は男性陣に見えないようにしてくれている。

オトちゃんは私の顔を見ると、安心したような顔をしたあと、振り返って一喝した。

「着替えるから男は出ていけ！」

一応それなりに、皆も気を遣ってくれてはいるのだろう。

カーテン越しに数人の影が動いて素直に部屋から出ていく。

「えっと……？」

「とりあえず着替えよう。起きられる？」

寝起きで混乱する頭では、なにがなんだか……現状把握がしきれていない。

オトちゃんに甘え、さっさと着替えだけをしようと思ったが、オトちゃんは体を拭く用意をしてくれている。

「……オトちゃん？」

「しばらく目を覚まさなかったんだよ。スワさんに今必要なのは、休養！」

そう言って、オトちゃんは濡れた温かいタオルで身体を優しく拭いてくれる。

……しばらく目を覚まさなかったって、どれくらいだろう……

いや、それよりどうなったのか気になる。

「あの後……」

「スワ様！　今はゆっくりしてください！」

『スワ、寝よう？』

一羽と一匹のもふもふに諭され、オトちゃんの無言の威圧に観念し、着替え終えた私は大人しくベッドで横になると、一羽と一匹のもふもふが擦り寄ってくる。

うん、これはたまらん。

幸せすぎる、天国だ。

もふもふ休養最高！　と思い、私は数日安静にし、畑仕事もない久しぶりの暇な時間をゆっくりと過ごした。


特に体調は問題ないと宮廷医師に診断された私は、皆が待つサロンへ通された。

オトちゃんはピーターの隣に座っており、上座だろう場所には王弟らしい格好をしたフェスが座っている。

私はルークの隣に座ったが……俯き罪人のように暗い雰囲気を醸し出しているアキは、何故か床に正座をしている。

「瘴気《しょうき》のことだが……」

アキが床に座っていることは気にせず、小さく咳払いをしてフェスが話し始めた。

あぁ、そういえば。

もふもふを堪能しすぎて、つい忘れていた。

確か、私は倒れたのだよねと、記憶が途切れる直前のことまで思い出す。

結局どうなったのだろうと、フェスの言葉を待った。

あれから、瘴気《しょうき》が綺麗に浄化されたことで魔物達の凶暴化も収まり、王都へ侵攻してくることもなく、城下町もなんとか復興してきているらしい。

第一馬鹿……じゃない、第一王子であるエリアスは、身分剥奪《はくだつ》の上、牢に入れられているとのことだ。

エリアスを担ぎ上げていた貴族達も、事が事なので、爵位剥奪《しゃくいはくだつ》ということになったと。

「馬鹿だもんねぇ」

「あの馬鹿が全部やったんですか？」

「馬鹿がアキを召喚したのは確実だ」

オトちゃんは昔のことを思い出したのか、遠い目をしながら言い、私も疑問に思ったことを口にしたら、すかさずフェスが答えてくれた。

全員が、もう名前ではなく馬鹿と呼んでいることに突っ込みもない。

第一王子派と第二王子派が居たとか、政権を掴みたい奴らがこぞって馬鹿を都合よく使ったとか。

そもそも聖女召喚の時から色々あったものが、全て繋がっているようだ。

なんだかんだと忙しそうだったトリプルトラブルメーカー達やピーターのおかげで、アレス王太子殿下《でんか》が水面下で不穏な動きをしていた貴族達の証拠を掴んでいたという。

そして馬鹿がしたのは勇者召喚と思いきや、またも都合の良い人物を召喚しただけだろうという予測がたてられているという話だ。

オトちゃんの件といい、学習しない奴だ。

「めんどくさ」

思わず呟いた言葉に、オトちゃんも頷く。

政治に関しては、本当に人間の腹黒さが渦巻きすぎていて、面倒極まりない。

「召喚に関してや……あの戦いについては、再度アキの口から説明してもらおう」

フェスのその言葉にアキは肩を震わせた。

再度ということは、もう国王などには、ある程度の報告書を渡してあるということだろう。

恐る恐る顔を上げるアキを、私とオトちゃんは眺め、シロとクロは睨《にら》みつけている。

フェスやルーク、ピーターは、既に報告をある程度聞いているのだろう、のんびりとお茶を飲んでいる。

「アキ、話の前に鑑定かけて良い？」

「……どうぞっす」

「そういえば親父が変な二重鑑定結果になったって言ってたけど……後で内容を教えてもらって良

いか？」

私は念のため、アキに鑑定をかけようとすると、ルークにそんなことを言われた。

偽り云々は大丈夫だとしても、なにかしらアキを知るキッカケになるかと思ったのだが……変な二重鑑定結果とは？

疑問に思うものの、とりあえずいつも通り鑑定をかけてみる。

名前：棚瀬　暁良（アキ）
レベル：15
HP：1000／1800
MP：2800／2800
スキル：技術・記憶・人格分離
（キラ）
レベル：50
HP：100／19800
MP：0／5300
スキル：暗殺・破壊・隠密・暗器・威圧・脅迫
魔法：闇魔法

「えっ」

鑑定結果の内容に、驚きで思わず声が漏れた。

「実は俺、人を殺した瞬間に召喚されてっすね……」

「はぁあああ⁉」

更にアキが物凄い告白をし、オトちゃんがドン引き状態で声を張り上げ、私は呆然とした。

うん……鑑定結果を見ていると……人を殺したのは、キラってほうじゃないかな？

「いや、それ初耳なんだけど？」

いきなり扉が開かれたかと思ったら、アレス王太子殿下《でんか》とトリプルトラブルメーカーがそこに居た。

「いや、二重人格とか知らなかったっぽかったっすから……」

「だから説明する気もなかったと？」

少し怒りを含めたかのような微笑みで、アレス王太子殿下《でんか》がアキを威圧している。

そこに私が、人格が二人もしくは複数いるという状況と、この世界に人格を封印する術はあるのかと言う相談をした。

ちなみに元の世界でもそんな術はなく、治療方法としても環境作りや対話が重要になってくるということも伝えた。

「ちなみに魔術師団長の鑑定結果は、どのようなものだと言っていた？」

「あぁ、親父が言うには、なんか二重の表記になっていて文字が重なっていたり、よく分からない文字に代わっていたりしたって」

アレス王太子殿下《でんか》に返したルークの言葉に、文字化け？　エラー？　そんな言葉が頭の中によぎりつつ、私も答えた。

「私の鑑定では二人分のものが出ましたね」

「……そんなことが⁉」

ルークは驚きを隠せない状態だけれど、どこか興味を持っているようで、前のめりになって聞いてくる。

とりあえずは、鑑定結果を皆に伝えてみると……

「封じの腕輪を使用してみろ！　ルーク！　お前は今から、色々魔道具を試してみろ！」

「え？　え？」

私が伝え終わった途端、アレス王太子殿下《でんか》の指示が、矢継ぎ早に飛ぶ。

あまりの慌ただしさに私自身、若干引いてしまった。

封じの腕輪ってアレだよね、オトちゃんが使っていたやつだよね。

なんか大事？　と首をかしげている私に対して、オトちゃんが知らないんですか？　と言わんばかりに視線を投げかけてきた。

「通常の平均レベルは30で、団長クラスにもなると40ですよ。50でそんまスキルを持っているなんて、危険人物でしかない」

「…………」

あれ？　おかしいな。

私のステータス……そういや開示したこと……ない？

自分の規格外さに、背中に冷たい汗が流れるのを感じる。

最近ステータスを確認していないこともあり、後で確認してみようと心に決めた。覚えていたらだけど。

とりあえずの処置という感じで、アキには封じの腕輪が付けられた。

魔道具に関しては、まずルークの父である魔術師団長へ話を持っていってから、医務のほうとも話し合い、方向性を決めるようだ。

むしろ、今のほうがアキから細かい話を聞けるのではないかと、アレス王太子殿下《でんか》とトリプルトラブルメーカーも加わり、皆でアキを囲っている。

始めから飛ばしすぎた内容と、集まっているメンバーから、緊張する息苦しい空間となってきた。

落ち着くために飲みものでも……と思ったら、気が利く侍女達が、飲みものと一口サイズの甘いお菓子を持ってきて、テーブルの上に並べてくれる。

「さて、向こうの世界で人を殺したというが、それはキラのほうで間違いないいな？」

鑑定結果から、もう一つの人格をキラと呼ぶことにして、フェスは話を進める。

「はい……」

アキも俯きながらも、ポツリポツリと話し始めた。

アキは虐待を受けていて、それに対抗する為、幼少期に生み出したのがキラという人格だと言う。

危険な時や虐められた時、アキ自身が逃げたいと望む時にキラが出てくるようで、自分が普通ではないと分かるにつれ、どんどん引きこもっていった。

キラという人格が生まれた直後は、キラの人格が出ている時の記憶がなかった。

しかし、年齢を重ねるにつれ、大きな怪我を負うほどの虐待がなくなったからか、全く記憶がないという状態もなくなり、むしろ内側からキラを必死で止めたりしていた。

四十歳になるまで、そのままというのもどうかと思うが、両親はアキが成人したくらいから、力では敵わないから放置に切り替えたそうだ。

しかし、とうとう彼らは息子を殺そうとしてきたため、キラが抵抗して殺したと語る。

聞いた内容によると、正当防衛のようなのだが……

「すんませんっす。気が付いたら、もうこんな年で」

苦労は本人しか分からないというが、むしろ社会経験ゼロで生きてこられたのは、両親がアキを完全に放置していたわけでなく、住むところと食べるものを……

いや、キラが脅していたのかもしれない。深く考えるのは止めよう。

返り血を浴びたキラの状態で召喚され、馬鹿を除いた周囲は驚き怯えていたが、キラからアキに人格が代わると怯えることもなくなり、扱いも使用人以下になっていったという。

勇者として召喚したのに使用人以下の扱いとは？　と、言いたくなる。

本当に馬鹿達は、召喚した人の扱いが雑だな。

ちなみに、召喚の間の返り血を綺麗に掃除したのは、アキだと言う。

「楽しませてくれるならってことで、勇者の件はキラが引き受けてたっすけど、こっちで日常生活を送るのは興味ないらしくて、普段は俺が出てたっす……」

「その件に関して、捕らえた第一王子派の貴族と証言が一致しているな」

フェスが書類を片手に言葉を紡ぐ。

主に馬鹿のご機嫌取りから、身の回りの世話、掃除や食事の配膳などの雑用と言える奴隷のようなものから、一応訓練のようなものもやっていたと。

私とオトちゃんは、思わず哀れみの目をアキに向けた。

召喚後と言えば、オトちゃんはそれなりに遊んで暮らし、私はスローライフを満喫していて、決して奴隷のような扱いは受けていなかった。

アキが物凄く気の毒に思える。

なにこの不幸体質！　可哀そうすぎる！

「最初は、そりゃ勇者って言われて良い気にはなってたっすけど……自分は魔法が使えないっすけど、キラは違ったし。扱いの差を含めて、色んなことに疑問を持ち始めてきたっす……」

周囲にずっと居たのは、第一王子派の人間のみ。

全く知らぬ世界で一人、言われるがままを信じて、言われるがまま行動し、植え付けられた価値観を疑うことがない。その純粋さには呆れてしまう……気が付いたのが扱いの酷さからというのも、不憫すぎる。

これが引きこもりというものか……四十歳にもなって……

「ある意味、純粋培養に似た人間に疑問を持たれる馬鹿って……」

「いや、そもそもスワさん達と出会ったのがキッカケっすよ⁉」

馬鹿は本当に馬鹿なのだと、ため息をつきながら放った私の一言に、アキは慌てて答える。

私が馬鹿の言う、嘘つき偽聖女なのか、本当に悪い人なのか。

最初に持った小さい疑問から、どんどんそれが膨れ上がってきたとアキは語った。

疑問が次の疑問を呼び、膨れ上がってくると色んなことに気が付き、第一王子派以外の人間が自分に向ける目にも気が付くことができたと。

「脳内で都合よく記憶改ざんする馬鹿ね……」

「なにを吹き込まれていたのかは、聞きたくない……」

オトちゃんの言葉に、私は耳を塞いだ。

私がどう言われていたのか、フェス達は報告を聞いて知っているだろう。

あえて私がこれ以上、呆れる話題を知る必要もないと思い、憂鬱さから溜め息をついた。

「そういえば、あの瘴気《しょうき》は馬鹿からだったの？　とんでもない量だったけど」

オトちゃんが思い出したかのように話題を投げた。

忘れていたが、これも大事なことだ。

あの馬鹿が元凶であるように、今まで見たことがないほどの瘴気《しょうき》が立ち込めていた。

おかげで倒れたわけだけど。

「それが、よく分かっていなくて。スワ様が起きてから、シロやクロから聞こうと」

「当たり前よ！　まずはスワ様なのだから！」

『スワが目覚めなきゃ、心配で話どころじゃないよ〜』

私の肩でシロが怒鳴り、クロは私の膝の上で、なに当たり前のことを言っているの？　という態度だ。

一羽と一匹に心配かけたのかなと、お詫びも含めシロとクロを撫でる。

「あの量は凄かったからなー」

「三日も目覚めないとか、本当に心配しました」

「それを聞いて私も駆けつけたのよ」

「……ん？」

ルークとフェスの言葉に、オトちゃんも頷いているが、私はだいぶ驚いている。

「三日……？」

その割には、身体にだるさもなければ、変な空腹感もないような。

起きた時は少し頭がボーっとしていたけど、今はもう何事もなく身体も頭も働いている……と思う。

「私は聖獣ですよ！」

私が自分の手の指を曲げたり広げたりしているのを見て、シロが胸を張って言う。

方法は分からないけれど、シロなりに私の看病をしてくれていたのだろう。ありがたい。

感謝の気持ちに胸が温かくなると、再びアキが話し始めたので気持ちを切り替える。

「聖剣を手に入れたあとから、王子の様子がおかしくなったっす」

「いや、元から。アレは顔だけ」

オトちゃんが厳しい突っ込みを入れる。

しかしそれを魅了していたことは、オトちゃんにとっては黒歴史なのでは？　と思ったが口には出さなかった。

結局、馬鹿的には聖剣を抜いたのは偽聖女だし、勇者も普通の剣のように扱うだけで使いこなせているようには見えなかった。

「そう言えば、なんで私が聖剣を抜くことができたの？」

ふとした疑問を口にする。

「アキは勇者じゃなかった為に抜けなかったと結論づけられますが……」

「聖女様だからですよ。扱えるのは勇者だけすが、抜くだけならば聖女様でも抜けます。聖女様や勇者の持つ、光魔法に反応するので」

フェスとシロの言葉に納得する。

そして結果、馬鹿とその周囲の人達は、日に日に恨みつらみをブツブツと言葉にすることが増えていき、黒いモヤのようなものが纏《まと》わりつくようになっていったとアキは語る。

そのモヤがどす黒くなり増えていったと思ったら、馬鹿から瘴気《しょうき》が溢れ出し、それが更に瘴気《しょうき》を集め、瘴気《しょうき》の渦があっと言う間にでき上がっていったと。

「人間から瘴気《しょうき》が生まれるのですか？　クロなら知っていますかね。シロ、通訳をお願いしたいのですが」

フェスがクロに向かって問いかけたその言葉に、シロはフェスの方へと移動し周囲に居る者も固唾《かたず》を飲む。

そんな中、クロは驚いたような顔をして言った。

『え？　知らなかったの？』

「マジで!?」

「クロは、なんと言っていますか？」

クロがあっけらかんと言う言葉に私は驚き、それを見たフェスは厳しい目をして問いかけてきた。

シロも真剣な目をクロに向けながら、通訳をしてくれる。

そしてクロが話し出したのは、瘴気《しょうき》と魔素《まそ》についてだった。

そもそも魔素《まそ》が瘴気《しょうき》に変化すると言われているが、魔素《まそ》に人間の妬みや恨みが流れ込むと、瘴気《しょうき》となると言う。

動物の生存本能的な殺しは無関係だが、人間が持つ負の感情や殺し合い等で増えていくと。

『むしろ人間以外が魔術のようなものを使う場合は、生きる為の本能に従っていることが多いけど、人間に限ってはそうではないからね～。魔素《まそ》の循環《じゅんかん》がどんどん悪くなっていくんだよー』

その言葉に、私やオトちゃん、アキ以外の顔色が悪くなる。

「人間がいる限り、完全に消し去ることはできないというわけですか……」

「戦争などで瘴気《しょうき》は増えるな……過去の記録を洗い出してみよう」

ピーターとフェスが、難しい顔をしながら言う。

確かに、戦争なんて一気に負の感情が増えるものだ。瘴気《しょうき》の渦が出現していてもおかしくない。

「負の感情……」

「どうしたの？」

アキが、なにかに気がついたかのように呟く声が聞こえ、声をかける。

「だからキラがおもしれぇとか言って、外に出たのかなって思ったっす」

「おもしれぇって……」

思わず呆れた声が出る。

一体、なにが面白かったのか。

瘴気《しょうき》が渦巻き、正気を失った魔物達が集まり、人々は逃げ惑う中、表に出たキラは聖剣を片手に高笑いしながら魔物達を切りまくっていたとアキは語る。

といっても、キラも剣のように扱うだけで、書物に残っているような聖剣本来の力は引き出せていなかったと。

そこでクロとも対面したのだろう。聖剣を扱えなくて本当に良かったと思う。

聞けば聞くほど危険人物でしかないな、いや危険人格か。

なんで瘴気《しょうき》の渦が出たら面白いとか言えるのだ……？

あれ？　そういえば……

「ねぇ……キラのステータスにあった闇魔法って……その瘴気《しょうき》に繋がるなにかがあるの？」

ふと思ったことを口にすると、難しい顔をしたままのフェスが口を開いた。

「光魔法は、聖女を召喚するから分かってはいますが……闇魔法は、そもそも使い手の記録がなく……」

「闇魔法もスワ達のいた世界の人間に限られるのか？」

興味深そうにルークは言うが、なんていうものを召喚しているのだ、あの馬鹿は。

「そもそも、今回のことは書物による記述と異なることが多くて、謎ばかりが残るのです」

フェスがポツリと呟いた。

「瘴気《しょうき》が増えると息ができない、魔術が使えない。これに関して、スワ様や聖獣の近くに居た者は、浄化されているから影響を受けなかったと仮定されますが……」

「召喚者に闇魔法ですか……」

アレス王太子殿下《でんか》に続いてピーターも呟く。

「スワさんの光魔法やスキルも分かってないことが多いよね？　闇魔法も同じですよー」

オトちゃんの発言に皆の視線がこちらに向いたかと思うと、ルークがそういや規格外だしな、と呟いたのが聞こえた。

まだ言うのか、それを。

しかしながら、瘴気《しょうき》とかについて、そんな話を聞いたような、聞いていないような……

クロとアキのことに気を取られていたし、とりあえず必死すぎて、以前教えてもらった説明なんて頭から抜けていた気がする。

その時に呼吸ができないとか、ルークの魔法が使えないとか起こっていたら、思い出したかもしれないけれど、それでも結局はどうにかするしかないわけだし。

うん、気にするのはやめよう。

「とりあえず無事だったから良いとして……早く帰ろう」

もうこれ以上は、話していても仮定の話ばかりになるし、やっぱ我が家が一番安らげる。

政に関しては、アレス王太子殿下《でんか》や他に任せれば良いと思い、帰宅を促す為にフェスやルークのほうを見ると、気まずそうに視線をそらされた。

え？　なに？

嫌な予感をヒシヒシと感じながら二人を見ていると、アレス王太子殿下《でんか》が言いづらそうに口を開いた。

「……陛下が会いたいと……」

「却下で」

即答したところで、断れないですよね。分かっています。

一応、この国に住んで生活しているわけですからね……

分かってはいるけど……面倒だ。

面倒な上に、相手にするのは無能国王だ。憂鬱でしかない。

哀れみを含んだ目と、からかいを含んだ目が、周囲から向けられている中でうなだれていると、シロが励ますように頬ずりしてくれた。

「大丈夫です！　いざとなったら、つつきましょう！」

「それはやめとこう」

相変わらず、方向性が若干ずれているシロの発言に和む。

ガッチガチに固められた生活なんていうものは、もう向こうの世界に置いてきたのだ。

楽しいスローライフ。自由な生活。

ただただ生きることを考えるのみ。

「じゃあ、もう休ませてもら……」

「ちょっと待って！　採寸だけさせて!!」

部屋でゆっくりさせてもらおうと、退席しようとしたら、オトちゃんまで付いてきた。

その後、採寸や衣装合わせの嵐でグッタリと疲れきった私は、着替えから全て侍女達に手伝ってもらうという恥ずかしい貴族体験をするはめになった……


翌日、謁見《えっけん》の為だけに磨き上げられた上に着飾られた私は、国王の前に通される。

一応、マナーらしきものは再度教えられたが、できているかどうかは謎だ。

常日頃からしているわけでもないし、むしろそんなの関係ない平民ライフを送りたいと、心底願っている。

「顔をあげ……」

「……」

国王は決められた文言を言おうとするものの、私のほうを見て、その口を閉じた。

何故か、シロが私の頭の上で胸を張って止まっているので、私は頭を下げずにそのまま立っていたからだ。

その様子に、フェスとアレス王太子殿下《でんか》は笑いを堪えている。

周囲に居る貴族らしき人達は、慣れたのか聖獣を恐れ多いと思っているのか、顔を顰めることもなくこちらの様子をただ眺めている。

「この度は我が愚息が……」

「全く！　本当に救いようのない教育の仕方ね！　それとも遺伝子の問題？」

国王ともあろう者が謝罪から入るなど、とてもじゃないけれど、ありえないのではないだろうか。

なんて私が思った瞬間、頭上に居るシロは問答無用で悪態をついた。

いや、正論か。

一平民でしかない私は、とりあえず口を開かぬまま、シロの悪態と国王の言い訳を眠気と戦いながら聞いていた。

フェスやアレス王太子殿下《でんか》は苦笑しているし、周囲にいる貴族達は無表情な者も居れば、ルークのように若いものは、呆れた顔をしていたりもする。

結局、昨日聞いた話とは大差のない説明を聞いているのだが、アキに関しては人格が違うとはいえ、危険人物として要監視とのことで、神殿預かりになると言う。

人格の封印に関しても、魔力を封じるだけで大丈夫かどうかという点もあるだろう。

アキは魔法が使えず、キラは闇魔法が使えるという点から、魔力を封じるだけで大丈夫だろうと思えるが、念には念を入れて神殿で様子を見るということだ。

自分の息子にもそうしろよ！　と思ったが、それは間髪いれずに、シロが国王に言っていた。さすがシロ。

闘うのはシロに任せ、私は腕のなかに居るクロのもふもふを、密かに堪能して癒されている。

だって退屈なんだもん。

「……ということで正式な披露目も兼ねて、舞踏会を開こうと思うので、是非スワ様も参加なさるようよろしくお願いします」

「は？」

シロに会話を任せっきりで聞いていなかった為、名前を呼ばれ、つい素で答えてしまった。

「図々しくも、スワ様に舞踏会へ参加しろと言っているのです！」

「え、嫌だ」

シロの説明に、これまた思わず素で答えてしまったけれど、相手が国王ではないのでセーフ……だよね？　うん。

社畜時代のように、気を張ることを忘れてしまっているのかもしれない。

ちょっと気を引き締めようと少し反省した。

「あー、終わったぁ」

「いや、なに言ってんの？」

謁見《えっけん》も終わり、部屋でゆっくりソファに沈みこんだ時、ルークに突っ込まれた。

「お茶、持ってきたよ～！」

謁見《えっけん》に立ち会ってなかったオトちゃんは、疲れて帰ってくるだろう私の為に、お菓子やお茶を用意してくれていたようだ。

最初の頃に比べると、なんて優しい気遣いだ！　と思ったけれど、我先にと座ってお茶とお菓子を嗜む辺り、相変わらずだとしか言いようがない。

うん、自分の為に用意したね。

「てか、スワさん。ダンスできるの？」

「ダンス？」

「え？　舞踏会、強制参加だよね？」

王城での生活から侯爵《こうしゃく》家での生活に変化したとは言え、平民生活をしている私よりは、オトちゃんのほうが色々と詳しい。

ダンスって、あれ？　いわゆる社交ダンスと呼ばれるもの？　そんなの習ったことない。

というか、全く無縁の生活でしたけど!?　オトちゃん習っていたの!?

思わず目を見開いている私の考えになんとなく気がついたオトちゃんは、呆れた目をして言った。

「私もこっちの世界で習ったんですけど……腰痛いし足痛いし筋肉痛になるし、大変ですよ」

「え！　嫌だ!!」

「無理だな。きっと既に講師も手配されているだろうし。帰るのは舞踏会が終わってからだな」

舞踏会の予定は、一ヶ月後と聞いたけれど……

それまで帰れず、窮屈なレッスン生活!?　しかも王城で!?

思わず、大きくなって私の横で寝転んでいるクロに、顔を埋めて癒しを求めた。

「スワさんのエスコートは、王弟殿下《でんか》？」

「まぁ……そうなったわな」

エスコートって漫画や小説の話かよ、と思いながら、少し拗ねたようなルークの言葉に違和感を感じた。

……そうなった？

「よし！　衣装とかは任せてください!!　では失礼します！　よし！　楽しみだー!!」

疑問に思う時間も僅か、いきなりオトちゃんは、楽しそうに叫んで出て行った。

あぁ……もう、好きにしてください……と、諦める。

そして私は、次の日から始まった苦痛のレッスン生活で、動けないほどの筋肉痛を起こしては治癒魔法で乗り切った。

疲れ果てた心は、聖獣化したシロと、大きくなったクロが、一緒になって包んで眠ってくれる気遣いのおかげで癒やされたのだった。

「さすが私！　よくやった私！」

「素敵です！　スワ様〜〜！」

『スワ、可愛い〜』

舞踏会当日、オトちゃんの用意した衣装やアクセサリーに着飾られた私は、鏡に映る自分が自分ではない、なにか得体の知れない別のもののように感じていた。

上から下へ濃くなっていく、青のグラデーションが綺麗なAラインのドレスに、金の刺繍が散りばめられている。

上の方が薄い色な為、ちょっとした小物などは黒を基調としたものを用意してくれているようだ。

それにしても……この世界では、淑女の嗜みで顔を隠したりするために、扇を持たなくてはいけないのかと、少し面倒くささを感じた。

「スワ様、失礼します」

ノックの音と共に、フェスが入ってきた。

全体を黒で統一した衣装に金の刺繍、小物は黒を引き立てるかのような青で統一されていた。

王弟らしい格好をしていても、私には騎士のような、いつもの態度で接するため、違和感を感じながらも思わず見つめてしまう。

「見違えました。私がエスコートしてよろしいでしょうか」

「聖女様のエスコートなら私でしょう。汚らわしい輩が触れて良いお方ではない」

「フェリックス殿下《でんか》にエスコートされるなど。身のほどをわきまえろ」

フェスの後ろからトリプルトラブルメーカーが雪崩込んできた。

その後ろに居たアレス王太子殿下《でんか》は、額に手を当てて俯いている。

いくら仕事ができるといっても、これではね……アレス王太子殿下《でんか》にとっては、これからも悩みの種だろう。

「ウザ……」

「空気読め！」

オトちゃんが呟く言葉に完全同意しつつも……そのあとにシロが発した言葉は、歴代聖女の誰かが教えたのだろうなと察した。

それ、この世界で通じるのかな？

空気は読めません！　見えません！　とか返されそうな気がするよ？

ため息をついていると、少し眉間にシワを寄せたフェスがトリプルメーカー達へと振り返ると、三人は顔面蒼白になりながら慌てて失礼しますと言い退室していった。

威圧か。

フェスを背後から見ていただけでも、不穏な空気が漂った気がする。

さすがフェス。

というか……私とフェスの衣装に視線を彷徨わせていると、それに気がついたオトちゃんが声をかけてきた。

「どう!?　ペアルック！」

「へ!?」

オトちゃんの言葉に、思わず赤面してしまう。

ペアルックなんて今までの人生でやったことがないし、この年齢ともなれば恥ずかしいんですけど!?

よくよく聞いてみると、エスコート相手の髪や瞳の色に合わせて衣装の色を決め、身にまとうのは常識だと。

やりすぎると相手に対し独占欲の塊みたいになると言うが、それがこの世界での普通だとか。

さすがオトちゃん、そういうのに対する情報収集能力が凄いのは、女子高生の力でもあるのだろう。若いって良いな。

「ということで、リクエストに沿って、独占欲丸出しペアルックにしてみました」

「独占欲丸出し!?」

思わず、その言葉が恥ずかしすぎて突っ込みを入れた。

リクエスト？　ん？

私はなにもリクエストなんてしてない……全てオトちゃん任せだ。

思わずフェスを見上げると、少し頬を染めて満面の笑みで私を見ていた。

「貴女をエスコートする名誉をありがとうございます。行きましょう、スワ様」

嬉しそうに手を出されれば、その手を拒むなんてことはありえない。

だって、相手はフェスだ。

この世界に来てからずっとずっと側に居て、もう家族のように、側に居るのが当たり前の存在になっているのだから。

舞踏会は身分が下の者から入場するという。

今回は私のお披露目ということもあり、しかも聖女という地位に加え聖獣まで居るせいで、国王よりも後に入場するという、注目を一番集める最悪のタイミングだ。

そんな目立つようなこと、今まで経験したことない。

こんな面倒なことはもう嫌だし、二度と目立ちたくもない。

今後はこういうことがないように、釘を刺そうと心に決める。

緊張して身体が強張っていた私は、優しくゆっくりと気遣いながら微笑むフェスにエスコートされ、なんとか足を踏み出すことができた。

「フェリックス・ダレンシア王弟殿下《でんか》とスワ様のご入場です！」

紹介と共に会場へ入ると、周囲からは感嘆の声と、どこか嫉妬のような囁きが聞こえてきたが、それに関してはシロが「あら？　なにやら不愉快な声が……帰りましょうか、聖女様」

なんて言うと収まった。

シロ……わざわざ、今この舞台で聖女様って言うのは、ワザとだよね……

シロは、ある意味で素晴らしい護衛です。主にメンタル面での癒しと管理。

王族が集まっている壇上へ進み、そのまま国王の話をスルーしていると、嫌なダンスの時間となる。

ダンスは、まず身分が上の者からだ、なんて誰が決めた。

しかも、踊らないと他が踊れないとか止めてほしい……

そもそも、私は平民なのでいっそ免除してほしい……

いくら練習したといっても、こんな大勢の前で、しかも目立つ状態で踊るなんて、嫌がらせにしか思えない。

それほどに、私は社会に埋もれていた社畜であり、スローライフ民だ。

私は私にとって楽しいことしかやりたくない。

「お手を」

そんな私の心を知りつつ、笑いを堪えているフェスが手を差し出してくる。

しぶしぶと手をとり、ダンスを始めると、エスコートの上手さに驚いた。

確かに講師の先生も王弟殿下《でんか》に任せておけば良い、ステップだけを確実に覚えろと言っていた。

今その理由を、身をもって実感した。

ちゃんと先導してくれているからこそ、ステップを間違えなければ、フェスの足を踏むこともない。

形が分かっていなくても、フェスが導いてくれるから、順番さえ覚えていればクリアできていく。

「少し外の空気を吸いますか？」

一曲だけ踊ればお役御免なので、と小声で囁かれ、それならばと甘えることにした。

話しかけてこようとした人も居たが、そこはフェスが、しっかり私の肩を抱いて寄せ付けない空

気を作ってくれている……

だが、恋愛から遠のいていた私には刺激が強すぎるのですが……

かといって、貴族に囲まれるのも嫌なので、心拍数を犠牲にしてフェスに連れられるままテラスへと移動した。

心地いい夜風に、気持ちが少し楽になる。

人が多く熱気に当てられたのもあるけれど、それ以上に緊張のほうが強かった。

こんなの、証書授与とかのほうがマシじゃないかとさえ思う。そんなの卒業式くらいでしか経験ないけれど。

「もう帰りますか？」

いつもの気取らない笑顔を向けて、フェスが言う。

勿論、と言いかけて私は止まる。

フェスは気楽に家族のように側にいるが、王族なのだ。

本来ならば政に精を出し、国を守らないといけない立場だ。

ふと、これからも側にいてくれるのか分からないことに気付く。

いきなりそんな考えが浮かんだのは、王弟としての姿で、フェスが私の目の前に居るからだろう。

これがいつもの騎士姿なら、躊躇なく答えていた筈だ。

そんな風に思っていると、私の戸惑いを感じただろうフェスは言葉を続けた。

「これからもお側に居させていただけますか」

そう言って、フェスは私に対し跪き、手を取った。

王族なのに、王弟なのに。

いくら聖女である私のほうが、立場的に上だといっても……

「貴女の望むままに。貴女の行くところに私はついて行きたい」

とてもありがたい言葉だ。

良い意味で一緒に居るのが当たり前となっていて、居なくなったら喪失感に襲われるだろうことは想像できる。

こちらの世界に来てからずっと側に居て、頼って、一緒に生活をしてきたのだ。

一人で孤独を抱えずに済んだのは、フェスのおかげなのだ。

思った以上に、私にとってフェスの存在は大きいのだと理解するきっかけになった。

「それなら……これからも一緒に居てくれる？」

このまま変わらぬ生活を望んだ私はそう伝えると、フェスは頬を赤らめた。

「きっとスワ様と私の意図するところは違うのでしょうが……そう願っていただけるのであれば一生お側におります」

手の甲に口づけられる、なんて本当にドラマとか、物語の中でしかないことを目の当たりにして、心臓が飛び跳ねるかと思った。

フェスの言葉に、一瞬どういう意味？　と思ったことなんて一気に吹き飛ぶ。

パニックになった私の頭上で、シロは「やるわね～」と言っている。

……シロが居ることを、すっかり忘れていた。

もはや頭上にあるシロの重みも当たり前になっている。

「じゃあ帰ろう！　我が家へ！」

辺境の地にある一羽と一匹が建てた城へ。


「あ～、やっぱ美味いっす！　味噌《みそ》汁は日本人の心っすね！」

「スワさん！　今度は中華あたりお願い！」

「聖女として民の前に出る仕事もお願い」

「却下！」

アキやオトちゃんに紛れて、アレス王太子殿下《でんか》が変なお願いを紛れ込ませてくるのを、全力で断る。

討伐や浄化あたりの仕事なら検討するけど、目立つのはお断りだ！

私はあれからも変わらずフェスやシロとクロと辺境の地に住み、スローライフを楽しんでいて、たまにこうして皆が遊びに来るのだ。

ルークは私を見張るという仕事が終わり、魔術師としてしっかり仕事をしているが、魔道具の案欲しさによく来る。ご飯もついでに、がっつり食べていくけど。

「スワ様は、目立つことを嫌うと言っているだろう？」

アレス王太子殿下《でんか》へ向け、フェスが威圧を放ったのか、周囲の温度が下がった気がする。

アレス王太子殿下《でんか》は、もう余計なことは言わないとばかりに、目の前にあるご飯へと意識を集中させた。

うん、それが良い。むしろそうしていて。

「私は自由に暮らすんですー！　折角社畜から抜け出せたんだから！」

そう、あの世界ではありえなかった自由。

社畜時代からは、考えられなかった自由。

聖女としてたまに仕事をしたり、普段はハーブを売ったりしてスローライフを満喫している。

何不自由のない暮らしは、私にとって幸せだ。

それに……シロとクロの、愛らしいもふもふ天国がある。

そして……いつも私を守り気遣ってくれるフェスが居る。

「うん、幸せ」

「ほんと幸せそうだもんね」

私の呟いた言葉が耳に届いたのか、オトちゃんが嬉しそうに言った。

そんなオトちゃんも幸せそうだよね、と二人で笑いあう。

オトちゃんは娘を生み、ピーターと婚姻し、この世界でしっかり家族を作り生きているのだ。

色々あったけれど、この世界で新しい人生を、幸せに歩んでいることに感謝を！

アルファポリス「第12回 恋愛小説大賞」

大賞・読者賞W受賞作が
待望のコミカライズ!

ある日突然、前世の記憶を取り戻し、今世での振る舞いを省みた侯爵令嬢ユリアンヌ。贅沢三昧の生活に、弟妹いじめ、婚約者へのつきまとい……。悪行の限りを尽くした彼女のゲスな性格と肥えた見た目は、前世で読んだファンタジー小説の悪役令嬢そのものだった! 「どうせこの先〝ざまぁ〟される運命なら、身も心も綺麗にしてからがいい!」 そう考えた彼女は、ダイエットと共に全力の家族孝行を始めて……!?

アルファポリスwebサイトにて好評連載中!

アルファポリス 漫画 検索

B6判/各定価:748円(10%税込)

この作品に対する皆様のご意見・ご感想をお待ちしております。

おハガキ・お手紙は以下の宛先にお送りください。

【宛先】

〒150-6008 東京都渋谷区恵比寿 4-20-3 恵比寿ｶﾞｰﾃﾞﾝﾌﾟﾚｲｽﾀﾜｰ 8F
（株）アルファポリス　書籍感想係

メールフォームでのご意見・ご感想は右のＱＲコードから、
あるいは以下のワードで検索をかけてください。

アルファポリス　書籍の感想　検索

ご感想はこちらから

本書は、「アルファポリス」（https://www.alphapolis.co.jp/）に掲載されていたものを、
改題、改稿、加筆のうえ、書籍化したものです。

召喚《しょうかん》されたら聖女《せいじょ》が二人《ふたり》!?

～私《わたし》はお呼《よ》びじゃないようなので好《す》きに生《い》きます～

かずき りり

2023年 2月 5日初版発行

編集－加藤美侑・森 順子
編集長－倉持真理
発行者－梶本雄介
発行所－株式会社アルファポリス
〒150-6008 東京都渋谷区恵比寿4-20-3 恵比寿ｶﾞｰﾃﾞﾝﾌﾟﾚｲｽﾀﾜｰ8F
TEL 03-6277-1601（営業） 03-6277-1602（編集）
URL https://www.alphapolis.co.jp/
発売元－株式会社星雲社（共同出版社・流通責任出版社）
〒112-0005 東京都文京区水道1-3-30
TEL 03-3868-3275
装丁・本文イラスト－匈歌ハトリ
装丁デザイン－AFTERGLOW
（レーベルフォーマットデザイン―ansyyqdesign）
印刷－中央精版印刷株式会社

価格はカバーに表示されてあります。

落丁乱丁の場合はアルファポリスまでご連絡ください。

送料は小社負担でお取り替えします。


ISBN978-4-434-31520-6 C0093